Herbjørg Wassmo wurde 1942 in Nordnorwegen geboren und gilt als angesehenste und meistgelesene Autorin Norwegens. 1987 erhielt sie den Literaturpreis des Nordischen Rates, die höchste Auszeichnung der skandinavischen Länder, für ihre *Tora*-Trilogie. *Das Buch Dina* wurde vom norwegischen Buchhändlerverband zum besten Roman der achtziger Jahre gekürt. 1984 gewann sie mit *Der lange Weg* einen Dokumentarliteratur-Wettbewerb. Herbjørg Wassmos Werke sind in zwölf Sprachen übersetzt.

Von Herbjørg Wassmo sind außerdem erschienen:

*Gefühlloser Himmel* (Band 60157)
*Das Haus mit der blinden Glasveranda* (Band 60158)
*Der stumme Raum* (Band 60159)
*Sohn des Glücks* (Band 65048)
*Das Buch Dina* (Band 65051)

Vollständige Taschenbuchausgabe September 1997
Droemersche Verlagsanstalt Th. Knaur Nachf., München
Copyright © 1995 für die deutschsprachige Ausgabe
by Paul List Verlag in der
Südwest Verlag GmbH & Co. KG, München
Titel der Originalausgabe: »Veien å gå«
Copyright © 1984 by Gyldendal Norsk Forlag, Oslo
Originalverlag: Gyldendal Norsk Forlag, Oslo
Umschlaggestaltung: Angela Dobrick, Hamburg
Satz: Ventura Publisher im Verlag
Druck und Bindung: Ebner Ulm
Printed in Germany
ISBN 3-426-60489-2

2  4  5  3  1

Herbjørg Wassmo

# DER LANGE WEG

Dokumentarroman aus dem Krieg
Januar 1945

Aus dem Norwegischen von
Ingrid Sack

*Vorwort*

Der Krieg war schon immer die Geschichte der Helden und die Geschichtsschreibung der schwarzweiße Bericht von Helden und Siegern. Selten mit Bildern vom Schicksal des Einzelmenschen, ohne daß dabei die Rolle des Helden aufgewertet wurde. Helden und Generäle wären sonst der Nachwelt wahrscheinlich verborgen geblieben – in Blut, Schweiß und Hunger, die nicht ihr Blut, Schweiß und Hunger waren. Und uns wäre eine wahrhaftigere und differenziertere Kriegsgeschichte überliefert worden.

Der Mensch hat zum Glück die Fähigkeit, sich anzupassen, zu überleben und zu verdrängen, und steht offensichtlich aus der Asche auf, die nach jedem Krieg zurückbleibt. Vielleicht ist das der Grund, warum wir als Gattung immer noch auf der Welt existieren.

Die Autorin will mit diesem Buch daran erinnern, daß das Individuum, daß Frauen und Kinder auch ein Teil von dem makabren und verwirrenden Bild des Krieges sind, selbst wenn ihre Namen nicht auf den Gedenksteinen eingraviert werden oder in den Berichten über die Heldentaten erscheinen. Sie verbergen ihre Leiden und ihre Loyalität und bestimmen selten ihr Schicksal

selbst. Generäle und Helden gewinnen Kriege. Der Einzelmensch verliert Gliedmaßen, Heim, Familie – oder das Leben.
Mit den Waffen, die wir heute haben, sieht es so aus, als wäre der Krieg an sich der wahre Feind des einzelnen Menschen, egal, auf welcher Seite er sich befindet. Aber warum sind wir nicht weitergekommen in dem Bemühen, die Konsequenz aus diesem gemeinsamen Feind in der heutigen Weltpolitik zu ziehen?
Dieses Buch gibt keine Antwort auf die Frage, auch wenn die Autorin dies aus ganzem Herzen wünschte. Es ist ein Stück Kriegsbericht, der nicht von dem weltpolitischen Spiel erzählt, dem Kampf in den Schützengräben, auf dem Meer und in der Luft, sondern von einer kleinen Familie, die aus dem besetzten Norwegen über die Grenze nach Schweden fliehen mußte. Es geschah 1944/45, bei teilweise dreißig Grad Kälte, scharfem Ostwind und in schlechter Ausrüstung. Sie kamen von dem kleinen Ort Lødingen auf der Insel Hinnøy in der Provinz Nordland, wo eine kleine Gruppe im Untergrund gegen die Deutschen arbeitete. Einige wurden gefaßt und saßen als KZ-Häftlinge in Grini. Unsere Familie wurde von den Deutschen eingekreist und floh, um nicht verhaftet zu werden. Vater, Mutter und ein Junge von fünf Jahren.
Die Frau wußte, womit der Mann sich befaßte, aber sie kannte keine Details. Trotzdem war es für sie zu gefährlich, mit dem Kind zurückzubleiben Sie hatte unzählige Brote gebacken, die den Männern gebracht wurden, welche in den Bergen in Deckung lagen oder im Schlafzimmer der Familie in Vika versteckt wurden, ohne daß die Eltern der Frau, die im gleichen Haus wohnten, etwas

davon ahnten. Sie hatte auch Angst gehabt, daß das Geräusch des Senders, der im Dachgeschoß installiert war, sie verraten würde, wenn die deutschen Wachsoldaten direkt vor ihrem Haus patrouillierten.

Während des Finnlandkrieges war ihr Mann vom November 39 bis zum Januar 40 bei der Neutralitätswache in der Finnmark. Als Norwegen besetzt wurde, arbeitete er im Widerstand – ging mehrfach zu Fuß über die Grenze nach Schweden und hielt per Radio Verbindung mit London. Zuletzt wurde es zu gefährlich, in Lødingen zu bleiben, und die lange Wanderung vom Efjord (jetzt zum Kreis Ballangen gehörend) ins Gebirge hinauf und über die weite Hochebene nach Schweden mußte gewagt werden. Dort kämpften sie ihren eigenen einsamen Kampf gegen die Naturgewalten, eine deutsche Patrouille als Bluthund auf den Fersen. Die Autorin hat sich Gedanken darüber gemacht, ob sie den Kampf zu Ende gekämpft haben oder ob sie ihn für den Rest ihres Lebens weiterführen müssen, während wir anderen – die wir leichter davongekommen sind – nicht die Fähigkeit oder die nötigen Kräfte haben, es zu verstehen.

Die Ereignisse und die geographischen Angaben sind identisch mit dem, was wirklich geschah. Die Hauptpersonen leben, und die Autorin hat sich direkt an der Quelle orientieren können. Aber es wird immer Fragmente von Erlebnissen und Gefühlen im Leben eines Menschen geben, die er verschweigt oder verdrängt und von denen er nicht möchte, daß Außenstehende sie unter die Lupe nehmen. Vor allem wohl, wenn man auf Erinnerungen zurückschaut, wie diese Familie sie hat. Darauf mußte die Autorin Rücksicht nehmen.

Das innere Leben, Gedanken und Gefühle, welche die Personen in dem Buch offenbaren, sind deshalb reine Fiktion und gehen insgesamt zu Lasten der Autorin – nicht der Vorbilder. Vierzig Jahre sind außerdem eine lange Zeit und machen in jedem Fall eine echte Rekonstruktion von Gedanken und Gefühlen unmöglich. Die Autorin hat jedoch versucht, die Identität und Eigenart der Hauptpersonen zu wahren, so wie sie sie heute kennt. Die Nebenpersonen hat sie frei umgestaltet oder erfunden.

Das Buch ist aus dem Wunsch entstanden, ein wenig von dem Schicksal des Einzelmenschen – in erster Linie von dem Schicksal der Frauen und Kinder – in dem Kriegsspiel zu enthüllen.

Wir sind alle Einzelmenschen. Auf diese Weise erkennen wir einander wieder, können die Wirklichkeit sehen und das Negative in Mythen und Helden im Krieg – und im Frieden – bekämpfen.

*Zum Schluß möchte ich den dreien herzlich danken, die es durch ihren Bericht ermöglicht haben, daß dieses Buch geschrieben wurde.*

# 1

Er ist fünf Jahre alt und weiß, daß es mit Großvaters Erdkeller eine besondere Bewandtnis hat. Äußerlich ist er wie die anderen Erdkeller, aber niemand darf mehr hinein. Nicht einmal der Großvater!
Der Junge erinnert sich gut an das hohe Gewölbe und das Steindach da drinnen. Vater hat gesagt, sie hätten ihn genommen, weil er so solide ist und aus Granit besteht.
Eines Tages hatte Vater ein Faß Butter in kleinen Portionen an Leute verteilt, die er kannte. Das Faß war spät am Abend mit dem Schiff gekommen und heimlich in den Erdkeller gebracht worden. Der Junge sah zu, aber er merkte, daß es dem Vater eigentlich nicht recht war, daß er die Butter entdeckt hatte. Es machte den ganzen Tag schrecklich spannend und bedeutungsvoll. Er setzte sich auf eine leere Kartoffelkiste und wußte, daß dies alles etwas Einzigartiges war. Er gab keinen Laut von sich und war sozusagen nicht da. Die Leute kamen, und als sie gingen, hatten sie das Butterpäckchen in der Handtasche, unter der Jacke oder in der Manteltasche gut versteckt.
Da kam plötzlich der Hafenkapitän Andriano durch die große Tür in den Erdkeller und begrüßte Vater förm-

lich mit Worten, die man zwar verstehen konnte, die aber trotzdem nicht richtig waren. Es lag daran, daß er Deutscher war. Jens Bådsmann begleitete ihn. Vater sagte nichts, während die beiden Männer sich in dem Erdkeller umschauten. Andriano meinte, es sei ein guter Keller. Er wolle ihn sich gerne genauer ansehen. Dann blickte er in das Faß und lobte die Butter. Vater machte ein seltsames Gesicht und erzählte, es sei die Butter des Fernmeldeamtes und sie werde an die Leute, die im Telegrafenamt arbeiteten, verteilt. Andriano äußerte sich nicht dazu, salutierte und ging hinaus. Jens Bådsmann folgte ihm auf den Fuß. Der Junge hätte am liebsten gesagt, daß die Leute, die dagewesen waren, nicht auf dem Telegrafenamt arbeiteten, aber er tat es nicht. Es war etwas in Vaters Gesicht, das ihn davon abhielt.

Sie haben keinen Kartoffelkeller mehr. Er ist zu einem Munitionslager geworden und wird von mehreren jungen Burschen in Uniform bewacht. Er findet, daß sie sonderbar reden – und es kommt ihm sehr merkwürdig vor, daß sie mit einem Gewehr herumlaufen, das in Sekundenschnelle Menschen töten kann, während sie gleichzeitig lachen und rote Backen haben, weil sie stundenlang draußen in der Kälte sind. Manchmal singen sie auch.
Er weiß genau, was Munition ist. Das sind Patronen und dergleichen, womit man Menschen erschießen kann. Falls man ein Gewehr hat. Die Deutschen zeigen mit dem Gewehr auf die russischen Gefangenen und brüllen und kommandieren. Die Kinder schleichen sich immer

wieder heran, um zuzusehen, wie der stumme Zug der Gefangenen die Straße hinunter nach Vika getrieben wird, wo sie beim Straßenbau arbeiten. Sie bauen auch Brücken und Bunker. Mit Vorschlaghämmern zertrümmern sie Steine zu Schotter und fahren ihn in Schubkarren auf die Straße. Sie sagen nichts. Arbeiten mit gebeugtem Nacken unter harten Kommandorufen. Er weiß, daß es nicht richtig ist, Menschen so hart arbeiten zu lassen. Trotzdem gibt es niemanden, der etwas dagegen unternimmt.

Großvater steht mit gespreizten Beinen da und erlaubt den Deutschen nicht, das Haus zu betreten, als sie kommen und dort wohnen wollen. Er hat furchtbare Angst. Es ist unheimlich, einen Großvater zu sehen, der Angst hat. Trotzdem öffnet Großvater sein Hemd, als der Deutsche fragt, ob es ihm lieber sei, erschossen zu werden, als sein Haus herzugeben. Es ist so still im Zimmer, daß er das Gefühl hat, sie seien alle schon tot.

Aber es wird niemand erschossen, und sie wohnen alle fünf zusammen in Vika in Großvaters Haus, Großvater und Großmutter, Vater, Mutter und er.

Tanja mag die jungen Burschen nicht, die auf den Erdkeller aufpassen. Sie knurrt und blickt argwöhnisch, und ihr Rücken gleicht einem Schrubber, wenn sie sich nähern. Als ob auch sie wüßte, daß Krieg ist und daß die Deutschen Feinde sind, die sie ertragen müssen, weil sie Angst vor ihnen haben. Sie ist nur ein Hund, und trotzdem weiß sie das alles.

Er sieht ihr an, daß sie Angst vor den Deutschen hat, wenn sie die Kinder wegscheuchen und barsch sind. Sie knurrt mit eingezogenem Schwanz.

Die russischen Gefangenen gehen nicht wie die anderen Leute – sie schlurfen über die Straße in ihren weiten, unförmigen Mänteln. Er kann sich nicht vorstellen, daß ein Körper darunter steckt. Ihr Anblick ist ganz unheimlich. Nur ein geschorener Kopf auf einem mageren Hals, an dem man die Sehnen sieht, wenn sie den Kopf ein wenig drehen. Manchmal sticht ein spitzes Knie aus der Mantelöffnung heraus. Durch die Hose durch. Sie bewegen sich, als gingen sie im Schlaf. Die Augen haben kein Licht. Er hält sie nicht für richtige Menschen. Sie sind russische Gefangene.
Gelegentlich spielen die Kinder »Deutsche und russische Gefangene«. Es ist nicht besonders schön, russischer Gefangener zu sein. Es ist mehr Schwung dahinter, zu kommandieren und das Gewehr zu schwenken und zu brüllen. Die größten und stärksten Jungen sind immer die Deutschen.
Die Schäferhündin Tanja mag die Deutschen nicht. Aber der Junge sieht eigentlich nicht, daß sie viel Böses tun. Meistens brüllen sie. Daß sie eines schönen Tages wirklich schießen werden, ist zu unwahrscheinlich. Er kann es sich einfach nicht vorstellen.
Die russischen Gefangenen stellen verschiedene Dinge her. Aus Holz. Manchmal ist er mit den etwas älteren Jungen zusammen, die den Russen Brot geben. Die Mutigsten, die ganz vorne stehen, bekommen solche kleinen Holzsachen als Gegengabe. Blitzschnell fahren knochige Hände aus dem schmutzigbraunen Mantel und greifen nach dem Brot, während der Wachmann in eine andere Richtung schaut. So ist es immer. Manchmal haben die Gefangenen Zeit, etwas dafür zurückzugeben. Aber der

Junge hat nie das Glück, daß er etwas erhält. Das ist eben so, wenn man klein ist. Immer kommen die anderen zuerst.

Aus den Wohnzimmerfenstern von Großvaters Haus sieht man auf die Straße. Er kann das stumme Arbeitskommando mit den Vorschlaghämmern auf dem Nakken gut beobachten, wenn es vorbeischlurft. Einmal ist er mutig und steht mit seinem Stück Brot in der ersten Reihe. Ein Offizier mit Schirmmütze und Pistole bewacht den Haufen. Er scheucht die Kinder weg, wenn sie sich über den Straßengraben zu den Gefangenen hindrängen. Der Junge schleicht vorsichtig zu einem Gefangenen, der so aussieht, als ob er noch nichts bekommen hätte. Die Kinder passen auf, daß sie das Essen gerecht verteilen. Das Brot ist breiter als der Junge. Er versucht, sich so unsichtbar wie möglich zu machen, trotzdem sieht er, daß der Offizier ihn entdeckt hat. Ein Schauder durchzuckt ihn. Aber der Offizier heftet den Blick auf etwas anderes. Nicht alle Deutschen sind häßlich.

Das versteht Tanja nicht. Sie ist ein Hund. Er ist ein Junge. Groß jetzt. Begreift, daß einige Deutsche sanftere Augen haben als andere und einfach den Blick zur Seite gleiten lassen, direkt in das schwarze Wasser im Straßengraben, wenn die Kinder den Gefangenen Brot geben. Später paßt er auf, daß er nicht so große Stücke Brot mitnimmt, die er nicht mit dem Körper bedecken kann. Es bringt nichts. Denn nicht alle Deutschen sind gleich. Er stellt sich vor, daß es ganz vertrauenerweckend aussehen würde, wenn er ein paar Schritte in entgegengesetzter Richtung ginge, zu dem Schuppen hin, um dann im richtigen Augenblick, das Brot hinter dem Rücken ver-

steckt, schnell zu laufen. Arne und er sammeln Brot in einem Blecheimer. Das ist sehr schlau, denn sie können die Eimer unter die Brücke stellen. Dann deuten sie nur darauf, wenn die Gefangenen kommen, um Wasser zum Betonmischen zu holen. Es geht ganz leicht, und sie bringen sich nicht in Gefahr wegen der Deutschen. Wenn die Wache sich abwendet, deuten sie auf die Brücke, und die Männer verstehen. Den Jungen ist es ein Rätsel, wie die Gefangenen es schaffen, aber die Eimer werden immer geleert.
Das Wasser unter der Brücke gluckert friedlich dahin.
Vater ist fast nie zu Hause. Er kommt, wenn er kommt. Keiner weiß etwas. Jedenfalls sagt keiner etwas. Vater sagt ihm nie, wann er weg muß. Abends ist er eben weg, wenn der Junge zum Essen nach Hause kommt. Aber das macht nichts, denn Mutter ist immer da. Großvater und Großmutter auch. Sie sind alle ein Teil des Hauses in Vika. Ein ganz anderer und wichtigerer Teil als die jungen Burschen draußen vor dem Erdkeller. Es ist nicht weit bis dahin. Trotzdem ist es eine andere Welt
Er kann sich erinnern, daß sie zeitig im Herbst – bevor der Frost kam – auf der Hütte der Familie Erikstad waren. In Kanstadbotn. Sie hatten viele kleine Vierteltonnen mitgenommen. Mutter machte viel Aufhebens um diese Tonnen. Erzählte allen, daß sie Blaubeeren pflücken wollten. Das taten sie auch. Ein paar Tage waren sie bei der Familie Gundersen. Er begriff nicht, daß sie so viele Beeren brauchten. Aber Mutter war schrecklich verzweifelt, als sie nach Hause wollten und eine Vierteltonne umfiel und die Beeren über die Straße rollten. Blaubeeren waren wichtig.

Aber es ging nicht nur um die Beeren. Manchmal erwähnten sie den Krieg mit seltsam krächzenden Stimmen. Dann hatte er das nebelhafte, unsichere Gefühl, daß sie wegen des Krieges in Kanstadbotn waren – nicht nur wegen der Beeren.
Er erinnert sich, daß die Gespräche verstummten, wenn er oder eines der anderen Kinder in die Hütte kamen.

Es gibt Worte, die nie gesagt werden. Aber sie sind trotzdem die ganze Zeit sichtbar. Abends hängen sie über dem Bett und beinhalten all die Fragen, die er nicht formulieren kann, und alle Antworten, von denen er weiß, daß er sie nicht bekommt. Er sieht die Worte in der Dunkelheit und versucht, ihnen etwas abzuringen. Er versucht, die ernsten Gesichter der Erwachsenen und ihre ratlosen, geheimnisvollen Gespräche zu verstehen. Aber es endet stets damit, daß der Schlaf ihn einholt. Die Geräusche im Haus beweisen ihm, daß er vor der Nacht keine Angst zu haben braucht. Er hört, daß unten bei der Großmutter mit den Ofenringen hantiert wird. Hört, daß irgendwo im Haus eine Tür zuschlägt. Am besten ist es, wenn Mutter Klavier spielt. Dieses Geräusch nimmt alle unsicheren Geräusche fort.
Dennoch sieht er im Laufe des Herbstes zuweilen die Abende in der Hütte in Kanstadbotn vor sich. Es war höchst sonderbar. So viele Menschen, die sich eigentlich nicht kannten. Wenn er fragte, ob sie bald nach Hause fahren würden, bekam er nur ein Vielleicht zur Antwort. Sie machten jeden Abend den Kamin an. Die Bilder wurden von der Wärme des Kamins und von den Stimmen der Erwachsenen eingerahmt. Manchmal waren

die Stimmen gereizt, nervös. Als ob die Menschen gar nicht dort sein wollten, um die verflixten Blaubeeren zu pflücken.

Ein Bild ist klarer und hat mehr Geräusche als die anderen. Es ist nicht gut, es heraufzubeschwören, wenn er ins Bett gegangen ist. Es soll lieber bei Tageslicht zum Vorschein kommen. Großmutter und Mutter sollen dann lieber bei ihm sein.
Es ist Sommer. Er ist oben in Hamdal und geht allein den Weg herunter. Denkt an nichts. Die Sonne scheint. Eine merkwürdig heiße Sonne, die ihn im Nacken zum Schwitzen bringt, die aber dennoch schön ist. Er geht gerade bei der Familie Winsjansen vorbei, als Flugzeuggedröhn den Himmel in Stücke reißt. Ein Mann, den er nicht genau kennt, kommt angelaufen. Ruft, daß die Flugzeuge jetzt das deutsche Transportschiff »nehmen« werden. Ein paar Burschen eilen vorbei und rufen ihm zu, daß er sich zu seiner Mutter davonmachen solle, denn jetzt werde es eine Schießerei geben.
Er bleibt stehen und sieht die Feuerkugeln. Das Bild ist deutlich, wenn er es wieder hervorholt. In gewisser Weise ist es jetzt deutlicher als im Sommer.
Leuchtkugeln!
Er bleibt stehen, die Hände tief in den Taschen vergraben, und schaut mit offenem Mund. Dann geht er zur Brücke hinunter, bleibt wieder stehen, hängt am Geländer und starrt auf das Meer. Da sieht er das Schiff, auf das sie schießen. Die Leuchtkugeln sind nicht nur Licht. Es sind richtige Kugeln! Einige treffen das Wasser. Aber andere treffen das Schiff! Er vergißt, daß er es ist, der auf

der Brücke steht und zusieht. Er ist niemand. Hängt nur am Geländer zwischen Himmel und Erde.

Plötzlich ist Mutter da und packt ihn am Genick. So eine Schmach. Aber es gehört auch mit in das Bild. Es ist beschämend, so mitgezogen zu werden, wenn man schon fünf Jahre alt ist. Alles ist gefährlich, und Mutter hat Angst.

Ihm ist klar, daß *dieses* Ereignis in die Zeit gehört, bevor die Deutschen den Erdkeller beschlagnahmten. Denn Mutter hatte ihn dorthin geschleift. Es waren viele Leute da. Einige weinten schrecklich. Es war naßkalt und nicht auszuhalten. Dunkel und unheimlich. Großmutter, Erna, Mutter und er saßen zusammen. Und Erna heulte wie ein abgestochenes Schwein, obwohl sie viel älter ist als er.

Danach hat er das Bild des Erdkellers vor Augen. Daß sie dort sitzen. Und das Bild von den russischen Gefangenen. Er sieht, wie sie nach den Brotstücken greifen, schnell wie der Blitz, und sie unter ihrem Mantel verschwinden lassen. Er versteht, daß sie furchtbare Angst haben. Aber ihre schläfrige Art versteht er nicht. Man sieht ihnen die Angst nicht an. Ihre Augen gleiten weg. Er hat die Angst darin nie entdecken können. Weiß nur, daß sie da ist.

Wer am Fluß wohnt oder in der Nähe der Brücke, die die Gefangenen bauen, ist von Entsetzen gepackt. Schneider Nøss, der mit gekreuzten Beinen auf dem Tisch sitzt und näht und zum Fenster hinausschaut. Der Junge glaubt, daß Nøss viel sieht. Und im ersten Stock sitzt Schuhmacher Juel, der kaputte Sohlen mit harten Schlägen bearbeitet. Ein eigenartiges, hitziges Geräusch. Voller Angst!

Der Junge ist dort gewesen, bei dem Schneider und bei dem Schuhmacher, mit Vater und Mutter. Mehrmals. Sie gehören auch in das Bild, weil sie bei der Brücke wohnen, wo die Gefangenen mit ihren Hämmern zuschlagen und Brotstücke in rasender Eile an sich nehmen und weiterhasten. Beide haben Fenster zur Straßenseite. Er grübelt viel darüber nach, warum keiner etwas sagt. Beinahe jeden Abend. Am Tage ist alles anders. Die Bilder sind dann nicht so deutlich, weil die Wirklichkeit vorherrscht. Er sieht den Schneider am besten abends, wenn er selbst in seinem Bett liegt. Der große Tisch steht vor dem Fenster. Alle Stoffe darauf verstreut. Die Nähgarnreste in kleinen Häufchen in den Ecken auf dem Boden. Er kann den Schneider von drinnen oder von draußen durch das Fenster sehen – ganz nach Wunsch, wenn er da in seinem Bett liegt. Nimmt er das Bild von außen, sieht er den Schneider von der Seite. Manchmal hängt das eine Bein vom Tisch herunter. So!

Vater ist nicht in den furchteinflößenden Bildern. Er ist immer draußen und streicht an. Die Farben mischt er selbst. Ein großer Kanister mit Leinöl. Ein Märchen von kleinen Papiertüten mit allen Farben! Eine große Tüte mit langweiligem Zinkweiß. Vater bittet ihn öfter, mit einem Holzstäbchen zu rühren, wenn er die Farben mischt. Das macht Spaß! Vater ist immer eine Welt für sich. Fließend. Plötzlich ist er nicht da.

Vater studiert die kleinen Probestöckchen mit den verschiedenen Farben daran. Er sagt wenig. Prüft die Farben im Licht. Sie müssen zueinander »stehen«, sagt er. Fußbodenleisten, Fensterrahmen, Dachleisten. Alles. Er ist schrecklich genau. Ab und zu nimmt er sich Zeit, für andere Leute ein Tablett mit Rosenmalerei zu verzieren. Sie kommen herein und bestellen. Dann halten sie einen Schwatz mit Mutter. Ovale schwarze Tabletts mit hochgezogenem Rand. Die Blumen glühen zum Schluß auf der schwarzen Fläche.

Vater arbeitet in einem winzig kleinen Raum unter dem Dach. Er kann kaum aufrecht darin stehen. Aber das macht nichts, denn er sitzt bei der Arbeit. Der Junge darf zusehen. Mucksmäuschenstill. Vaters Kammer liegt im ältesten Teil von Großvaters Haus. Die Leute erzählen, daß eine Herberge und sonst noch einiges in dem alten Haus gewesen sind. Der Gedanke berührt ihn seltsam, daß hier früher etwas gewesen ist – vor seiner Geburt. Das geht irgendwie nicht. Trotzdem hat er auch davon eine Art Bild in seinem Inneren.

Er hält die Luft an, wenn Vater das, was er malen will, vorher markiert. Er zeichnet es erst auf ein Stück Papier und sticht mit einer Nadel kleine Löcher in alle Striche. Das ist sehr mühsam. Dann legt er das Papier auf das Tablett, das er bemalen will, und streut Talkum darüber. Das Talkum trifft auf die Löcher, es fällt auf die schwarze Fläche und bleibt dort liegen, wenn das Papier entfernt wird. Es bildet das Muster, das Vater malen will. Da darf man keinen Niesanfall bekommen! Das ist nicht erlaubt. Er muß immer lachen, wenn Vater das Papier auflegt. Er hat das Gefühl, daß er von Lachen und Niesen zerrissen wird. Wenn er nur nicht niesen muß! Im Bild des Vaters gibt es nichts, wovor man Angst haben muß. Nur Farben und Talkum und Abfall und Papier auf dem Fußboden.

Vater bittet ihn oft, unter den Tisch zu kriechen und

etwas aufzuheben, was heruntergefallen ist. Der Papierkorb reicht ihm genau bis ans Kinn, wenn er unter dem Tisch kniet und Papier aufsammelt.

Eines Tages kommen zwei Offiziere zu Besuch in das Haus mit dem Erdkeller. Sie kommen von den Inseln draußen. Das ist ein weiter Weg. Der Junge ist nicht oft dort gewesen. Sie haben gehört, daß Mutter Klavier spielt, und sie möchten zuhören. Mutter setzt sich ein wenig widerwillig ans Klavier. Die Männer in Uniform lauschen und lächeln. Aber Vater mag es sicher nicht besonders. Er geht hinauf ins Dachgeschoß, während Mutter spielt.

Einmal hört er, wie sich einige darüber unterhalten, daß das ganze Haus in die Luft fliegen würde, falls mit dem Erdkeller etwas passiert. Er versteht, daß es mutig von Großvater war, den Deutschen das Haus zu verweigern. Er weiß nicht, ob er *gesehen* hat, daß Großvater Jacke und Hemd aufmachte, und *gehört* hat, wie Großvater sagte, sie sollten nur schießen, oder ob man es ihm erzählt hat. Es verwirrt ihn eine Zeitlang, weil er es den Jungen auf der Straße nicht erzählen kann, wenn er es nicht direkt *gesehen* hat. Dann vergißt er es. Hält es zu guter Letzt für sicher, daß er es *gesehen* hat. Aber er sagt trotzdem nichts zu den anderen Jungen.
Das Haus in Vika hat viele Türen. Wenn jemand an einem Ende des Hauses herumgeht oder bei offenen Türen spricht, kann man es am anderen Ende gut hören. Auch wenn er die Deutschen damals, als sie das Haus wegnehmen wollten, nicht richtig gesehen hat, dann

glaubt er jedenfalls, daß er sie *gehört* hat. Das ist doch ganz klar.

Eines Tages schießt jemand an der Hausecke gleich vor dem Fenster. Er schaut hinaus und bemerkt einen Deutschen, der neben der Hauswand liegt und schießt. In seinem weißen Tarnanzug sieht er wie ein lebendiger Bettbezug aus. Später erfährt er, daß es nur Platzpatronen waren! Aber das Grauen sitzt ihm in den Knochen. Gewehre sind gefährlich, auch wenn niemand damit schießt ... Das Grauen ist nicht nur etwas, von dem er sich vorstellt, daß es *entstehen* kann: Es ist ganz plötzlich da! Jetzt! Plötzlich!

Tanja bellt und gebärdet sich ganz fürchterlich. Mutter rennt hinaus und hat eine laute, gellende Stimme. Der junge Soldat lacht und sagt etwas auf deutsch. Er hört es durch Wände und Türen. Drückt das Gesicht gegen die vereiste Fensterscheibe. Das Herz bleibt einen Augenblick stehen, weil er weiß, daß Mutter da draußen steht. Aber sie schießen nicht auf sie. Später gewöhnen sich alle an das Geknatter. Die Deutschen schießen nur am Tage. Nennen es Übung. Alle finden sich damit ab, alle außer Tanja. Sie will immer hinaussausen und die Soldaten packen.

In gewisser Weise wird er nie fertig mit der Blaubeertour nach Kanstadbotn. Es ist merkwürdig, so spät am Abend loszufahren, um Blaubeeren zu pflücken, zu einer Zeit, da er gewöhnlich ins Bett gehen muß. Sie sind nicht mit dem Lokalboot gefahren, obwohl er weiß, daß es in Erikstad und auch in Kanstadbotn anlegt. Sie sind mit einem fremden kleinen Boot mitten in der tiefschwarzen

Nacht gefahren. Und niemand hat geredet. Sie saßen nur da und ließen sich befördern.
Der Junge bekam ein Metall-Zentimetermaß in die Finger, als sie in der Hütte am Kamin saßen. Er vergnügte sich damit, das Metallband aus der runden Hülle herauszuziehen und es wieder hineinschnellen zu lassen, indem er auf einen Knopf drückte. Es gab einen scharfen Knall, der festlich zwischen die leisen Stimmen der Erwachsenen in den Raum knallte. Plötzlich sprang eine Dame auf und bat ihn ärgerlich, mit dem Krach aufzuhören. Er setzte sich beschämt in eine Ecke, die Hände um die Knie geschlungen. Es wurde schrecklich still in der Hütte. Mutter setzte sich zu ihm. Aber sie sagte nichts. Vater war nicht da. Vater war außerhalb des Bildes. Immer.
Es waren viele Leute in der Stube. Aber es wurde nicht viel gesprochen. Die mit der gereizten, bösen Stimme schwieg auch. Es war, als ob sie sich alle gegenseitig belauerten. Er bekam schweißnasse Hände und hielt sich an Mutter. Er schlief bei ihr auf dem Hängeboden. Sie hatte ein nacktes Gesicht, das trotzdem nicht verriet, was sie dachte.

Später, als sie wieder zu Hause sind, hört er in Mutters Küche ein paar Leute über einige junge Mädchen reden, die mit in der Hütte der Familie Erikstad waren. Nur wenige leise Worte.
»Eine hat sich den Fuß verletzt. Wollte türmen. Sprang aus dem Fenster. Wurden alle geschnappt!«
»Der Schneeball rollt schnell ...«
»Ja.«
Er weiß nicht, wo er das Wort herhat. Grini. Es hat einen

hohlen metallischen Klang. Ein widerliches Geräusch. Wie von dem Maßband in der Metallhülse. Er versteht nicht, daß er dieses Geräusch einmal mochte.
Krieg! Er hört das Wort nicht oft. Aber er hört es. Weiß trotzdem nicht, was es bedeutet. Aber es hat etwas mit den Deutschen zu tun. Es hat etwas mit all den ungesagten Worten zu tun, all den Blicken, all den Gesprächen, die plötzlich verstummen, wenn ein bestimmter Mensch den Raum betritt. Der Junge sitzt unter dem Tisch und schnappt kleine Bilder auf, die ihm zusammen ein vollständiges Bild von dem Wort Krieg vermitteln werden. Noch versteht er es nicht.
Zu dem Bild gehört, daß man vorsichtig mit den Lebensmitteln umgehen muß. Er denkt nicht darüber nach, aber er spürt, daß es nicht immer so gewesen ist: daß die Krümel auf dem Fußboden auch Essen sind. Der Küchenschrank ist genauso lang wie die eine Längswand. Aber es werden nicht viele Krümel darauf verstreut. Und das ist wegen des Krieges. Auf dem Unterschrank steht ein Schrank, den Vater gemacht und lackiert hat. Zu dem Bild des Krieges gehören die leeren, aufgeräumten Küchenschränke und die Preiselbeermarmelade und die gekochten Möhren. Sie bleiben auch in dem Bild, obwohl etliche Leute von dem Zucker in früheren Zeiten erzählen. Die Zuckerzange hängt an ihrem Platz. Sie beißt die großen braunen Zuckerklumpen in zwei Teile. Aber er hört von dem weißen Zucker. Es muß richtig schön gewesen sein, ihn in den Mund zu stecken. Er ist nicht in dem Bild. Deshalb ist er nicht wirklich.
Sie haben Möhren und Kartoffeln im Keller. Sie stammen von dem Acker unterhalb des Hauses. Liegen in

trockenem weißem Sand, den sie vom Strand auf Rotvær herübergebracht haben. Vor dem Krieg hatten sie alles im Erdkeller. Jetzt kommt keiner mehr hinein.

Es ist ganz lustig, wenn Großmutter mit der Zuckerschere »knallt«. Den dunklen Zucker in immer kleinere Stücke zerbricht. Sie springen gewaltig. Der Junge bekommt ein paar Stückchen. Meistens die, die auf den Boden fallen. Er bläst den Staub einfach weg. Und sie schmecken gut. Alle Krümel sind Essen! Der Zucker wird in einer rostroten Büchse aufbewahrt. Es stehen mehrere Büchsen im Schrank. Mit verschnörkelten Buchstaben. Mehl, Kaffee, Zucker. Er kann nicht lesen. Aber Mutter buchstabiert und liest es ihm vor. Wenn Mutter mit den Lebensmitteln in den grauen Papiertüten vom Einkaufen zurückkommt, füllt er gewöhnlich den Inhalt in die Büchsen um. Er sitzt auf dem Küchenschrank und kommt sich sehr bedeutend vor. Es ist wichtig, nichts zu verschütten. Er hört das sonderbare spröde Geräusch von Mehl und Grieß, wenn sie in die Büchse rinnen. Das vergißt er nie.

Mutters Küche ist nur eine Kammer im Vergleich zu Großmutters Küche. Es ist keine richtige Küche. Mutter hat kein fließendes Wasser. Sie muß es im Eimer bei der Großmutter oder im Fluß holen. Aber sie beklagt sich nicht.

Man kann im Fluß gut Wasser holen und auch Wäsche spülen – ganz unten. Alle gehen dorthin. Im Winter schlagen sie Löcher ins Eis und lassen Eimer hinunter. Wenn die Löcher sehr klein sind, nehmen sie Blechkellen, um das Wasser heraufzuholen. Die Frauen liegen auf den Knien an der Flußmündung und spülen die Wäsche. Es ist kalt im Winter. Sie blasen und schlagen in die

Hände, die sich feuerrot vor Kälte und eisigem Wasser von dem blauweißen Eis abheben. Dann kommen die Kinder und helfen. Auf Stehschlitten oder Rodelschlitten werden Bottiche und Eimer mit Wäsche oder Wasser nach Hause gebracht.

Nach kalten Tagen mit Wäschespülen und Wasserholen gibt es oft kochendheiße Heringsgraupensuppe zum Abendessen. Eine Menge häßlicher Graupen, so sieht es aus. Er kennt nichts Schlimmeres auf der ganzen weiten Welt. Es stinkt im ganzen Haus nach Hering. Es nützt nichts, daß der Hering in fein säuberliche Stücke geschnitten ist. Ihn schaudert. Die Heringsgräten ragen wie Antennen aus der Suppe heraus und kratzen am Gaumen und auf der Zunge, noch ehe er den ersten Bissen in den Mund nimmt. Er pflegt sich die Schwanzstücke zu angeln. Sie sind meist ohne Gräten. Außerdem haben sie eine dunkelbraune Farbe und sind nicht so unappetitlich wie die grauen Stücke. Mutter sagt, daß das Salz sie so dunkel macht. Die Heringe liegen lange im Keller in einer Salzlauge. Das Salz zieht in die Schwanzstücke besser ein als in den übrigen Hering, weil die Schwanzstücke so herrlich dünn sind. Damit rettet er sich. Aber die Heringsgraupensuppe ist und bleibt ein Ärgernis. Haufenweise Kohlrabi drin. Er kann nicht verstehen, daß Kohlrabi nötig ist.

Eines Tages hört er, daß die Erwachsenen in Großmutters Küche böse sind. Hört, daß von Deutschen die Rede ist. Er spitzt immer die Ohren, wenn das Wort fällt. Er schleicht an die Türspalte.

Sie reden von einer Ziege. Onkel Bjarnes Ziege. Er hält sie in einem Stall. Der steht Wand an Wand neben dem kleinen Schuppen, in dem er sein Boot hat. Der deutsche Soldat hat die Hinterbeine der Ziege in seine Stiefel gesteckt und hat sich an ihr vergriffen, sagen sie. Später erfährt er, daß sie die Ziege des Onkels geschlachtet haben. Er versucht, sich an das Gespräch der Erwachsenen zu erinnern, aber schafft es irgendwie nicht ganz, der Sache auf den Grund zu kommen. Warum sollte der Soldat so etwas gemacht haben? Hat er die Ziege geschlagen? Der Junge fragt vorsichtig. Aber bekommt vage, ausweichende Antworten. Der Soldat hat sich an der Ziege vergriffen, sagt einer im Vorbeigehen. Der Junge kann nicht verstehen, daß man deswegen eine Ziege töten muß. Er sieht sie vor sich, wie sie herumlief und Gras kaute. Es war eine muntere, drollige Ziege. Jetzt ist sie nicht mehr da.

An einem anderen Tag lastet eine unheilvolle Stimmung wie eine Wand auf allen. Die Leute weinen. Der Junge wagt nicht zu fragen. Trotzdem kommt es an den Tag. Es geht um das Mädchen, das zusammen mit einer Freundin hinten in Ura Beeren gepflückt hat. Das Wort »Deutscher« bekommt einen besonders kalten und unheimlichen Klang. Voller Haß. Einer von »ihnen« hat das Mädchen beim Beerenpflücken getötet.

Es ist nicht länger nur ein Wort: Krieg. Er hat das Mädchen oft gesehen, auch wenn er es nicht näher kannte. Plötzlich ist es unsichtbar. *Tot!*

Er sieht den jungen Soldaten unter dem Fenster vor sich. Sieht die Ziege mit ihrem Bart und dem Gras im Maul vor sich. Sieht das Zentimetermaß vor sich, das mit einem Klick in die Metallhülse schnellt. Das Beerenpflücken wird zu etwas Bedrohlichem.

Er fragt schließlich, warum der Deutsche das Mädchen getötet hat. Aber niemand antwortet. Es ist sicher zu schrecklich. Zu traurig. Er schiebt es weg. Das Bild von dem Mädchen. Es ist zu abscheulich, wenn er auch nicht ganz klar sehen kann, warum es geschah. Und er begreift, daß es so verzweifelt vieles gibt, was er niemals erfahren wird, solange ihm niemand antwortet.

Er ist oft auf den Kais. Aber es ist nicht erlaubt. Es ist gefährlich. Die Erwachsenen glauben, daß man ins Wasser fällt. Die größeren Jungen angeln dort Rotaugen. Mit Zwirn und umgebogenen Stecknadeln. Er angelt heimlich – er auch. Fängt manchmal einen Fisch, den er der Katze verehrt.
Eines Tages kommt ein Fischerboot an den Kai. Ein paar Leute, die Fisch kaufen wollen, tauchen sofort auf. Aber nein, sie hätten keinen Fisch an Bord, sagen die Fischer. Es entsteht viel Aufregung und Gezeter, so daß die Kinder sich erschreckt zurückziehen. Die Fischer werden beschuldigt, Fisch an die Deutschen in Nes zu verkaufen. Es ist eine unerhörte Schande. Der Streit endet damit, daß das Fischerboot zur Bucht hinaus verschwindet.
Er hat es oft gesehen und gehört, daß die Leute sich unmerklich veränderten – wenn die Deutschen sich blicken ließen oder erwähnt wurden. Man konnte nicht genau sagen, was es war, aber ... Nach der Episode auf dem Kai merkt er, daß es auch noch andere als die Deutschen gibt, die die Leute dazu bringen, sich zu verändern. Das verunsichert ihn.
Es ist ein Teil des Bildes.

## 2

Er bekommt viele dunkle Nächte in sein Bild. Wind. Wellen. Kälte bis in den Schlaf hinein. Ölgeruch in einer engen Kajüte. Menschen. Sie haben fast keine Stimmen. Sie kommen aus der Finnmark. Von Haus und Hof vertrieben von den Deutschen. Der Junge sieht sie ein oder zwei Augenblicke unter den schweren Augenlidern, überall kriechen Menschen herum. Deshalb wird er in eine Koje gelegt. Sie schaukelt im Takt. Er ist es gewohnt, auf einem Schiff zu sein. Das Telegrafenschiff ist schön. Er erinnert sich vage an das Schneetreiben, bevor sie unter Deck gingen. Unter der warmen Decke in der Koje kuschelt er sich zusammen. Er begreift, daß sie lange gefahren sind, als das gleichmäßige Schaukeln plötzlich in Schlingern und Krängen übergeht, so daß er aufwacht und sich übergeben muß. Die Erwachsenen reden von Ostwind.

Endlich gehen sie an Land. Aber nur, um frierend in eine weitere schwarze Nacht hinauszukommen. Sie waten durch verwehte Straßen und stemmen sich gegen den Wind. Mutter und er. Die anderen sind unwesentlich. Nicht im Bild. Nicht richtig.

Hie und da schimmert ein Lichtstrahl aus den Häusern.

Den Erwachsenen reicht der Schnee schließlich bis weit hinauf an die Oberschenkel. Er wird hochgehoben und getragen. Endlich sind sie bei dem Lichtschein des Hauses, das ihr Ziel ist. Mutter ist ebenso erschöpft wie er. Sie sieht trotzdem erleichtert aus. Und das Gesicht brennt von der Kälte, sobald sie hineinkommen. Essensgeruch und Wärme schlagen ihnen entgegen, als sie die Tür öffnen. Die Küche ist groß und warm mit einer grellen Birne mitten an der Decke.
Die Mutter ermahnt ihn, nichts zu fragen und nichts zu erzählen – oder zu phantasieren, wie sie es nennt. »Wir sind hier zu Besuch.«
Die Leute umringen sie sofort. Sie beugen die Köpfe zu einem Kranz über ihm zusammen, so daß er meint zu ersticken. Vor lauter Gesichtern kann er die Decke nicht sehen. Dann sitzen sie am Tisch. Mutter lobt die warme Suppe. Aber er sagt nichts, er soll ja auch nichts sagen. Er hätte lieber ein gewöhnliches Stück Brot.
Zum Glück merken sie nicht, daß er kaum etwas ißt. Denn Mutter und eine Dame, die in Lødingen in Hanssens Laden gestanden hat und auch hier ist, freuen sich über das Wiedersehen. Die Dame und die Mutter reden viel und schnell.
Es wird Kaffee angeboten. Der Junge bekommt auch etwas. Eine undefinierbare Sorte, die erst zu einem anständigen Kaffee wird, als sie Milch hineinschütten. Schwarze Punkte schwimmen auf der braunweißen Fläche. Der Junge braucht lange, bis er die kleinen Körnchen herausgefischt hat. Er hängt über dem Tisch, und man läßt ihn in Ruhe. Der Kaffee schmeckt nicht gut. Trotzdem trinkt er ihn.

Die Wände sind hellblau. Er glaubt, daß er schon einmal in der Küche war. Aber er ist nicht ganz sicher. Die Bilder sind so verwirrend. Und es ist so oft Nacht in dieser Zeit. Eine Dame hat kalte Augen. Er vermeidet es, sie anzusehen. Glaubt nicht, daß die Dame Mutter besonders mag. Aber Mutter sagt nichts. Ein Mann schleicht mit offenem Hemd in der Küche herum. Die Hosenträger baumeln auf dem Hinterteil. Er rasiert sich lange und umständlich und schneidet Grimassen in dem Spiegel über dem Ausguß.

Mutter flüstert ihm manchmal etwas zu. Daß er nicht quengeln oder fragen soll, auch wenn er sich nicht erinnern kann, den Mund aufgemacht zu haben. Er fragt nur nach Vater. Das muß doch erlaubt sein. Zu Hause war es erlaubt. Und er bekam jedenfalls eine Antwort: »Vater ist fort und streicht an.«

Hier – an dem neuen Ort – ist Vater in das unsichere Bild gekommen, das Krieg heißt. Weil er nicht von ihm reden darf. Trotzdem weiß er genau, daß sie wegen Vater hier zu Besuch sind. Denn sie sind nicht hier, weil Mutter und die anderen in dem Haus sich gut kennen – oder viel zu bereden haben.

Der Junge hat undeutliche, unzusammenhängende Traumgesichter, die er in das Bild einfügt.

Ein paarmal telefoniert Mutter. Jemand ruft sie an. Die Frau des Hauses mag das nicht. Sie sprechen miteinander darüber, der Mann und die Frau – und vergessen, daß der Junge dabeisitzt und zuhört.

Eines Abends fahren sie wieder fort. Vater ist noch nicht gekommen, und Mutter ist lange wegen vieler Dinge,

über die sie nicht spricht, beunruhigt gewesen. Er spürt es an ihren Händen, wenn sie ihn umarmt. Er sieht es an ihren Augen, wenn sie sich über ihn beugt. Er hört es an ihrer Stimme, wenn sie mit den Leuten im Haus redet.
Im Takt tuckern sie von den hellblauen Wänden fort. Er soll immer noch nicht fragen oder quengeln. Er verlernt vollständig zu sprechen. Gibt es nur Erwachsene in der großen, weiten Welt? fragt er sich.
Er mußte längere Zeit geschlafen haben, während die Motoren sie vorantrieben. Er wacht plötzlich auf, als es still wird. Nur die Wellen brechen sich wie vorher auch. Auf Deck sind unruhige Stimmen zu vernehmen. Kurze Kommandorufe. Lederstiefel auf den Deckplanken. Der Spiegel an der Wand pendelt erschreckt hin und her, wenn das Boot krängt. Der Motor hat von allein gestoppt. Sie sind direkt vor Kjeøya. Er liegt in der oberen Koje und fühlt sich verloren und seekrank. Schaut ängstlich hinunter auf die anderen in der Kajüte. Da sitzen Mutter und die zwei netten Deutschen, die dieses Boot angeheuert haben. Die Streifen am Ärmel bedeuten etwas, soviel versteht er. Der Bootsfahrer hat ihnen erzählt, daß Mutter seine Frau ist. Der Junge findet das dumm. Er glaubt nicht, daß Vater derartige Lügen gern gesehen hätte. Man macht das nicht einmal zum Spaß. Die beiden Deutschen haben weiße, verschlossene Gesichter und sehen ihn nicht an. Sie sehen auch einander nicht an.
Da soll also der Bootsführer gewissermaßen sein Vater sein? Mutter flüstert ihm ins Ohr, daß sie mitfährt, wenn die anderen auf Kjeøya an Land rudern. Sie glaubt, daß Großvater und Großmutter dort sind, und dann werden

sie in Lødingen anrufen, um ein Schleppboot zu bekommen.
Der Junge jammert leise in sich hinein. Aber sagt nichts. Die Deutschen geben ihm Schokolade und lächeln mit steifen Männergesichtern. Aber davon wird es auch nicht besser.
Schließlich bekommen sie Hilfe von einem anderen Boot und legen am Kai an – auch diesmal. Er ist erleichtert, als die Deutschen an Land springen. Es liegt nicht nur daran, daß ihm zum Schluß übel wurde und er sich auf einen von ihnen erbrach, der mit einem Fluch zurückfuhr. Nein, es ist vor allem deshalb, weil er sieht, daß die Mutter wieder normal wird. Ganz verändert.
Die Deutschen haben zum Glück nur geflucht, als er spuckte. Das hätte vielleicht ein anderer, der kein Deutscher ist, auch getan. Aber es war ungemütlich, sie so in der Nähe zu haben. Sie waren so deutlich in dem Bild vom Krieg, und der Junge erinnert sich an die Geschichte mit der Ziege und an das Mädchen auf dem Blaubeerhügel, obwohl er es nicht will. Und deshalb fühlt er sich erleichtert, als sie an Land gegangen sind.
Aber er hat nicht damit gerechnet, daß Mutter und er nicht an Land gehen dürfen, obwohl sie wieder zu Hause in Lødingen sind. Das heißt: Sie warten, bis es dunkel geworden ist, dann gehen sie an Land, aber nur, um auf ein anderes Schiff umzusteigen, das am Kai liegt. Mutter will nach Hause und einiges holen, sagt sie. Aber nein. Die Männer verweigern es. Sie schaut durch das Bullauge und ist unruhig. Sie spricht davon, daß sie gerne dicke Socken für den Jungen geholt hätte.
Das neue Boot, in das sie hinuntergehen, hat eine so

schöne Kajüte! Richtig hell. Und es riecht hier nicht so schrecklich wie in den anderen Booten. Mutter und ein großer blonder Mann setzen sich an den Tisch und reden leise miteinander. Es ist der Doktor. Der Junge erkennt ihn wieder. Er hat ihn oft gesehen. Der Mann schneidet frisches Weißbrot auf und schmiert goldgelbe Butter dick auf die Scheiben. Der Junge ißt und meint, er habe noch nie so etwas Gutes gegessen. Danach ist die Müdigkeit wie eine Wand. Das Boot liegt ruhig am Kai, und die Übelkeit ist verschwunden.

Das Boot fährt aus dem Fjord hinaus. Der Junge hat das Gefühl, daß er den Rest seines Lebens auf Booten verbringen müsse. Es ist unwirklich und ein wenig traurig. Vater ist noch nicht mit ihnen zusammen. Und es sind jetzt so viele Worte zwischen Mutter und dem Doktor und ein paar anderen Männern, die an Bord waren, gewechselt worden, daß er weiß, es dreht sich alles um Vater. Sie sind auf dem Weg zum Vater. Aber sie wissen nicht, wo er ist. Der Junge ist verzweifelt und denkt wieder an die Deutschen, die die Gefangenen antreiben, an den Deutschen, der die Ziege quälte, und an den Deutschen, der das Mädchen umbrachte. Er ist mehrmals nahe dran zu weinen, und er will, daß die Mutter mit ihm redet. Aber sie redet nur mit den Männern. Und er darf nichts sagen. Sie fahren in einen langen Fjord hinein. Auf diesem Boot werden sie keine dunklen Nächte mehr verbringen.

Der Junge versucht zu vergessen, was er aufgeschnappt hat, als die Mutter und die Männer miteinander sprachen, bevor sie in das Doktorboot stiegen. Sie war so verzweifelt. Wollte nicht fort. Er hatte die Decke über den Kopf gezogen.

Dann liegt der Strand vor ihnen! Ist es Tag? Abend? Aber Nacht ist es nicht. Zwei, drei Leute stehen am Ufer. Das Ruderboot kommt, um sie zu holen, denn es gibt keinen Kai. Der Junge wird an Land gehoben. Die Mutter winkt und ruft. Glücklich. Da sind Almar Langstrand und seine Familie. Der Junge kennt sie von früher. Und da steht *noch* einer am Ufer. Es ist Vater!

Oben am Hang liegt ein Haus mit Nebengebäuden und Stall. Sonst wohnt hier niemand. Die Küche ist groß und hell. Es leben Menschen in allen Räumen – unten wie oben. Drei Familien, sechs Erwachsene und drei Kinder, finden Platz in dem kleinen Haus, das eine Küche und eine kleine Stube unten und zwei winzige Räume oben hat. Als die Familie aus Lødingen kommt, sind sie zwölf. Schnee liegt rund um das Haus. Schneewehen. Kälte. Aber drinnen in der Küche strahlt der Herd Wärme aus, und die Stimmen klingen froh. Keine versteckten Worte wie in Lødingen oder auf den Lofoten, wo sie herkommen. In dem Bild sind auch ein Hund und die Katze Kvitmons. Dem Jungen fällt plötzlich ein, daß Tanja in Kanstadbotn zurückgeblieben war und daß eines Tages ein Mann mit einem Halsband in der Tür stand und sagte, daß sie sie umgebracht hätten. Und Mutter sprang auf und glaubte es nicht und war ganz verzweifelt. Später vergaß er es absichtlich.

Im Stall von Langstrand stehen zwei prächtige Kühe, ein Bulle, fünf Ziegen und ein paar Schafe. Mit Einar, dem Sohn von Hagbart Langstrand, kann er spielen. Er ist größer und stärker als der Junge aus Lødingen.

Anderthalb Kilometer weiter draußen in dem engen Fjord wohnt ein Lappe mit seiner Tochter. Sie können

den Rauch aus seinem Ofenrohr sehen. Wenn er zu Besuch kommt, müssen sie alle nach oben gehen und still sein. Alle, bis auf die Langstrandfamilie. Vom Küchenfenster aus können sie sehen, wenn Fremde kommen. Aber das ist nicht oft der Fall. Trotzdem ist es Vorschrift, daß nichts herumliegt. In den Räumen unten dürfen sich keine persönlichen Dinge und Kleider befinden.
Von der Küche haben sie einen freien Blick und können feststellen, wer kommt.

Die Erwachsenen sitzen am Tisch, sind mit einer Arbeit am Küchenschrank beschäftigt oder legen Holz in den schwarzen Herd mit dem dickbauchigen Backofen.
In der Scheune liegen Späne und Gerümpel herum. Die Jungen spielen dort. Eines Tages hat Einar eine Lampe dabei und fängt an zu zündeln. Eine Dame im Unterrock kommt angerannt, um den Brand zu löschen. Die Jungen schämen sich sehr, sie begreifen, was sie angestellt haben. Vater und Almar Langstrand sind böse. Der Junge fühlt sich schuldig. Am Tag nach dem Brand nähert er sich Vater – vorsichtig. Aber er hält es für besser noch ein wenig zu warten, denn Vater sieht sehr abwesend aus.
Sie essen jeden Tag Fisch. Hering. Manchmal kalten Hering, Salzhering. Ansonsten warmen Hering.
Eines Tages sagen die Erwachsenen plötzlich, daß Heiligabend ist. Aber nichts erinnert an Weihnachten. Der Junge denkt an Großmutter und Großvater und versteht nicht, warum sie nicht bei ihnen in Lødingen sein können, wenn Weihnachten ist.
Vater gibt dem Jungen ein viereckiges Päckchen Es soll ein Geschenk sein. Als der Junge das Päckchen öffnet,

findet er einen Schmalzkringel in einer Glühbirnenschachtel. Seltsam, ein Schmalzkringel als Weihnachtsgeschenk. Er muß schon lange in der Schachtel gelegen haben. Er ist ganz hart. Aber der Junge ist der einzige, der etwas bekommt. Die Erwachsenen sitzen am Tisch und schwatzen. Niemand singt oder bereitet ein Weihnachtsessen zu. Sie essen trotzdem keinen Hering, sondern eine fette Fleischbrühe mit Brot. Draußen schneit es, teils mit Regen vermischt, und während der ganzen Feiertage herrscht ein schreckliches Wetter. Aber eines Tages ist das Wetter gut.

Da erscheinen in dem Bild die Berge. Zwei dunkelgekleidete Männer. Vater, Mutter und der Junge.
Sie steigen ständig bergauf. Es ist glatt und mühsam zu gehen. Die Männer tragen Rucksäcke. Und der eine zieht die Skier des Jungen, aus denen sie einen Skischlitten gebaut haben. Dort haben sie Schlafsack und anderes verstaut. Ein Fernglas?
Ab und zu sitzt er in Vaters Rucksack. Bis es in seinen Beinen anfängt zu stechen. Dann muß er ein Stück gehen. Er trottet in Mutters Spur. Er hat so viele Sachen an, daß die Beine richtig gespreizt sind und ihm nicht gehorchen. Die Arme stehen auch regelrecht vom Körper ab. Wie bei einer Puppe.
Einmal bricht er im Harsch ein. Bis zu den Armen. Er ist müde und verdrossen. Weint. Es ist demütigend. Er ist doch schon so groß. Geht ins Gebirge. Weil er muß. Mutter muß auch. Sie will auch nicht. Er versteht es wohl. Er hört die Gespräche zwischen Vater und Mutter. Vater meint, daß sie müssen.

Die Deutschen. Die Grenze. Schweden. Drei Worte, über die sie sich flüsternd unterhalten, wenn sie glauben, daß er schläft.
Der Junge begreift, daß Vater auch in dem Bild vom Krieg ist. Daß er vielleicht fürchterlich viel darin ist, mehr als Mutter und er selbst.
Die beiden Männer werden sie nur ein Stück des Weges begleiten. Sie werden nicht ganz mitkommen. Sie müssen nicht nach Schweden.
Ein schweres Unwetter zwingt sie alle fünf zur Umkehr. Sie gehen den gleichen trostlosen Weg zurück über weiße Flächen mit Schneetreiben im Rücken. Sie wissen, daß sie in ein Haus kommen, aber es ist ein magerer Trost für diejenigen, die jetzt jenseits der Grenze hätten sein sollen. Die Erwachsenen reden über die *Grenze*, wenn sie sich ausruhen. Der Junge malt sich, während er geht, diese wunderliche Grenze aus. Wahrscheinlich ist da irgendwo ein Zaun. Ein Hindernis. Aber vorläufig ist das schlechte Wetter Hindernis genug. Die Skier der Erwachsenen kleben. Sie sind Maschinen. Setzen einen Fuß vor den anderen. Immer wieder. Ein sonderbarer Zug, der den Gebirgshang hinunterkriecht. Denselben Weg zurück. Meter für Meter. Es hilft nichts.
Die Küche ist warm. Und er kann wieder in dem kleinen Dachzimmer schlafen.
Die Tage werden lang in dem Haus. Alle Erwachsenen schauen nach dem Wetter. Warten. Mehrmals am Tag wird leise und eindringlich über das Wetter gesprochen. Der Junge hat sich daran gewöhnt, nicht zu fragen. Er überlegt schon längst nicht mehr, wie es in Lødingen war, in Vika bei Großmutter und Großvater. Die Tage werden

allmählich ein Teil des Krieges. Es ist nicht zu ändern. Wenn er erwachsen ist, wird er den Krieg aus der Welt schaffen. Niemand braucht ihn. Es wird alles so schwierig durch die Deutschen und den Krieg!
Der Gedanke durchzuckt ihn, daß Mutter und er vielleicht zurück nach Vika in Großvaters Haus abhauen könnten. Aber nein. Sie können nicht ohne Vater weg.
Die Vorstellung, daß sie auf dem glatten, vereisten Harsch wieder hinaufgehen müssen, wenn das Wetter besser wird, bedrückt ihn schwer. Er möchte am liebsten schlafen, wenn er nur daran denkt. Aber er weiß, daß sie sich auf den Weg machen müssen. Hört es an den Worten rund um den Küchentisch. Kurz. Bestimmt. Nicht daran zu rütteln.
Dann kommt der Tag. Almar Langstrand geht mit. Er hat ein gutes Gesicht. Der Junge ist froh, daß er es ist, der mit ihnen geht. Mutter hat sehr schlechte Schuhe und leiht sich ein paar dicke Filzschuhe und Wollsocken. Sie zieht alles an, was sie an Kleidungsstücken dabeihat. Das tun die beiden anderen auch.
Er ist wieder eine ausgestopfte Puppe. Sie müssen sich nur noch auf den Weg machen. Die Erwachsenen sind entschlossen. Mutter sagt nichts mehr. Sie hat sich damit abgefunden, daß sie gehen müssen. Was auch geschehen mag. Es liegt eine seltsam spröde Spannung in der Luft. Nur Edith Langstrand und Mutter zeigen offen ihre Gefühle. Sie weinen.
Es ist der fünfte Januar. Seit Oktober sind sie von einem Ort zum anderen gefahren.

3

Er geht hinter der Mutter den vereisten Hang hinauf. Sie hat die Skier abgeschnallt. Trotzdem hinterläßt sie keine Spur. Gleitet immer wieder mit den Filzschuhen aus, die keinen Halt auf der vereisten Unterlage haben. Vater und Almar Langstrand ziehen abwechselnd den Schlitten.
Er stapft hinter den Erwachsenen her. Rund und unbeweglich, weil er so dick eingepackt ist. Der Atem steht wie eine Wolke vor seinem Mund. Manchmal atmet er heftiger. Er schaut sehnsüchtig auf den Schlitten, auf dem die wenigen Dinge, die sie mitnehmen, festgezurrt sind. Wer sich dort hinaufwünschen könnte! Einfach still daliegen, ohne daß ihn jemand dort bemerkt! Aber es ist unmöglich. Er ist jetzt groß. Soll »über die Grenze« gehen. Weil sie müssen. Sie gehen und sehen die Rücken derer, die sie vor sich haben. Nur Langstrand, der als erster geht, sieht keinen Rücken vor sich. Aber er wird in die warme Küche zurückkehren.
Der Junge begreift, daß es viel Eis in der Welt gibt. Schnee. Er hat nie darüber nachgedacht, daß soviel Schnee an einer Stelle liegen könnte. Als sie auf die Höhe kommen und sich einen Augenblick umdrehen, um über

den Fjord zu schauen, sieht er Erleichterung in den Gesichtern der Erwachsenen. Ein Stück weiter auf der Hochebene landeinwärts bewölkt sich der Himmel. Die kleine Gruppe schleppt sich weiter. Die Luft ist dunkel und flauschig vor Schnee. Alles ist weiß. Die Luft steht still. Der Junge nimmt ein merkwürdiges Läuten wahr. Als würden die Schneeflocken in seinen Ohren tanzen. Immer schneller. Das Geräusch pflanzt sich in seinem ganzen Körper fort. Macht ihn schwerelos vor Müdigkeit. Es fing an, als sie oben am Abhang standen und er erkannte, daß er furchtbar weit geradewegs in den Himmel gegangen war. Es verstärkt sich, je weiter sie in die Schneeschauer hineingehen, und er begreift, daß sie erst einen winzig kleinen Teil ihres langen Weges über die Grenze zurückgelegt haben. Die Welt ist erschreckend grau und weiß. Er kann sich nicht vorstellen, daß es irgendwo anders sein könnte. Oder daß es irgendwann anders wird. Die Füße bewegen sich wie von selbst. Er sieht ab und zu auf sie hinunter, aber es sind zwei fremde Füße, die ihn vorwärtstragen.
Hier oben ist die Stille nicht so überwältigend wie an dem Berghang. Ein heulender Wind jagt ruhelos zwischen ihnen hindurch und freut sich, endlich etwas gefunden zu haben, das aus dem Schnee herausragt und das er heimsuchen kann. Der Junge empfindet den eiskalten Ostwind als einen Verbündeten. Er ist jedenfalls ein Geräusch. Das ihm ins Gesicht schlägt und ihn berührt. Sonst gibt es nur Schnee, Rücken, das beharrliche Geräusch der Skier – und Mutters schweren Atem.
Gelegentlich dreht Langstrand sich um und ruht sich aus, auf die Skistöcke gestützt. Sein Gesicht glänzt unter

der Mütze. Der Mund ist halboffen in dem verwitterten Gesicht. Aber er lächelt. Und der Junge findet einen gewissen Trost darin. Obwohl er weiß, daß Langstrand sicher nur deshalb lächelt, weil er in die warme Küche zurückkehren wird. Weder Mutter noch Vater lächeln. Sie sind sozusagen nicht da. Lassen nur ihre Füße ausruhen, solange Langstrand sich auf die Stöcke stützt. Langstrand wirft das Kinn hoch und wendet sich zu dem Jungen. Lächelt und sagt, daß er wie ein Mann geht. Nickt Mutter zu. In dem kleinen Kerl steckt viel, meint er. Und der Junge streckt sich ein wenig dabei. Schluckt den keuchenden Atem hinunter. Zieht ihn zischend und kurzatmig durch die Zähne, damit niemand hört, wie erschöpft er ist.

Die Schneeverhältnisse sind so schlecht, daß sie nur langsam vorankommen, obwohl sie den höchsten Punkt hinter sich haben. Sie hatten ihm versprochen, daß er im Schlafsack auf dem Schlitten sitzen darf, wenn sie anfangen können, schneller zu laufen. Aber er muß trotzdem gehen. Mutters großer, schwingender Mantel hat einen vereisten Saum und steht wie ein Zelt von ihr ab. Manchmal bildet der Eissaum Falten, die zusammenschlagen und einen spröden Glockenklang hervorrufen. Mutter hat einen Eismantel an. Einmal fällt Licht aus einem Loch in den Wolken, und er sieht, daß der Mantelkörper dampft.

Sie kämpfen sich immer weiter in das Schneegestöber hinein. Es ist Januar. Es ist kalt. Gerade war Weihnachten, aber kein richtiges Weihnachten. Und die Grenze, von der die Erwachsenen reden, liegt dort vorne in dem Grauweiß und ist überhaupt nicht zu entdecken. Die

Stunden vergehen und werden eins mit dem Schnee und den Bewegungen.

Später kann er sich nicht daran erinnern, daß Langstrand umgekehrt ist. Trotzdem ist er plötzlich weg. Die Schneefläche scheint dadurch noch größer und kälter zu werden. Die Landschaft ist nicht mehr im Bild. Er sieht sie nicht. Die ganze Welt ist grau und lockt ihn, sich einfach hinzulegen, dann wird alles weich und warm und gut werden. Es ist, als ob der Schnee ihm über den Kopf steigt und ihn zu sich lockt. Er stapft immer weiter in der Skispur der Erwachsenen. Manchmal sackt er etwas ein. Aber es geht meistens gut. Der vereiste Schnee hält gerade noch. Es ist beißend kalt, auch wenn er unter den Kleidern schwitzt. Der Wind schwillt zu einem mächtigen, wilden Geheul an, das unaufhörlich über die Eiswüste fegt. Immer gleich kalt und feindlich. Immer die gleiche Eiswüste, obwohl sie die ganze Zeit gehen. Die Landschaft verändert sich kaum. Der Junge kann nichts anderes entdecken als immer die gleichen kleinen Hügel, die gleichen Umrisse, die er vorher schon gesehen hat.

In einem Monat wird er sechs Jahre alt, und Langstrand hat gesagt, daß er wie ein Mann geht. Dennoch ist er überfordert, als er in dem Harsch in eine Spalte fällt und sich in dem groben Schnee vergeblich abmüht, wieder hochzukommen. Er kann nichts dafür, daß die Tränen kullern. Laute entweichen ihm, ohne daß er es will. Er schämt sich. Das macht alles nur noch schlimmer. Dann weint er hemmungslos.

Vater macht ihm Platz im Rucksack. Er hat das Gefühl, in seinem Bett in Großmutters Haus in Vika zu liegen.

Der Kopf wird schwer. Die Füße werden so seltsam warm. Nichts ist mehr wichtig. Er spürt die Wärme von Vaters Rücken. Die sicheren Bewegungen von Vaters Körper, wenn er sich gegen den Wind vorwärtskämpft. Ab und zu spürt er Vaters Atem, wenn Vater sich umdreht, um zu sehen, wie es Mutter geht. Die Bewegungen, die Wärme von Vaters Körper, der Wind, die wohlige, weiche Dunkelheit dort vorne, alles bewirkt, daß er auf einer Welle fortgetrieben wird. Hinein in den Schlaf. Hinein zu sich selbst.

Da rütteln sie ihn wach und zwingen ihn dazu, auf den Füßen zu stehen. Er jammert und tut, was sie sagen, als sie ihn aus dem Sack ziehen und in den eisigen Schnee stellen. Der Wind fegt durch ihn hindurch, und er empfindet es wie einen Schock in jeder Pore. Er vermag nicht zu stehen. Sinkt zu einem kleinen Ball zusammen. Sie reiben ihn wieder warm. Reiben ihn wach und ermuntern ihn zu gehen. Es prickelt schmerzhaft in den Füßen, die in dem Sack eingeschlafen waren. Sie wollen ihn dazu bringen, im Schnee herumzugehen, während Vater das Proviantpäckchen herausholt, das in seiner Windjacke in der Brusttasche steckt. Die Brotscheiben sind gefroren. Kleben aneinander fest. Vater versucht verzweifelt, ein Stück abzubeißen. Er schlägt das Essenspäckchen gegen einen Stein, der aus der Schneedecke herausragt. Schließlich lutscht er an dem Brot. Es zerbröckelt allmählich. Das kostbare Brot wird zu Brocken, die in den Schnee fallen und wieder aufgehoben und in den Mund gesteckt werden müssen. Alles ist unwirklich und ungemütlich. Der Junge sieht, daß Mutter furchtbar müde ist. Sie will nichts essen. Behauptet, keinen Hunger zu ha-

ben. Vater meint, sie hat Hunger. So steht Meinung gegen Meinung. Es ist ein trostloser Streit. Der Junge ißt die gefrorenen Bissen, die der Vater ihm gibt, und vergißt zu jammern. Dann gehen sie weiter, nachdem Vater eine Tablette herausgeholt und Mutter gegeben hat. Sie protestiert nicht mehr. Und sie gleiten hinein in einen langsamen Rhythmus gegen den Wind. Man kann nicht miteinander reden, denn der Wind und die Skier rauschen zu sehr. Er taumelt nach einer Weile. Fällt durch die Eiskruste und gräbt sich selbst wieder heraus. Vater reicht ihm eine helfende Hand.
Endlich darf er wieder in den Rucksack. Er probiert auch den Skischlitten und den Schlafsack. Der Schlitten sinkt tief in den Schnee ein. Vater keucht und zieht wie ein Tier. Der Junge sitzt geschützt in seinen eigenen Träumen und läßt die Stunden verrinnen. Ab und zu kommt Mutter von hinten und rüttelt ihn. Fragt, ob er friert. Aber er darf nicht sagen, daß er friert, denn er weiß, daß er dann wieder gehen muß. Das hat er jetzt gelernt. Er sagt nie, daß er friert. Möchte am liebsten in Vaters Gangrhythmus bleiben und sicher über das Gebirge gezogen werden.
Nun friert er auch nicht mehr. Da braucht er auch nicht zu flunkern. Trotzdem ziehen sie ihn aus dem Sack und zwingen ihn zu gehen. Aber diesmal schafft er es nicht, auf die Füße zu kommen. Vater und Mutter setzen sich dicht nebeneinander in den Schnee und nehmen ihn auf den Schoß. Vater zieht ihm blitzschnell Schuhe und Strümpfe aus und bläst auf die nackten Füße und reibt sie. Aber er fühlt fast nichts. Endlich begreift er, daß es verkehrt ist, daß er weder Kälte noch Wärme spürt und

nur einen winzig kleinen Schmerz, wenn sie ihn tüchtig kneifen. Sie reiben unermüdlich und pusten Wärme auf seine Füße. Ziehen ihn wieder an und stellen ihn mühsam auf die Beine. Nehmen ihn zwischen sich, damit er geht. Schließlich schafft er es bis zu einem gewissen Grad. Hinkt zwischen ihnen, als hätte er noch nicht laufen gelernt. Er nimmt sich so zusammen, daß ihm die Arme weh tun, an denen sie ihn halten, denn er gebraucht sie mehr als die Füße.

Danach darf er nicht mehr im Rucksack oder auf dem Schlitten sitzen. Er humpelt hinter Mutter her oder geht zwischen den Eltern und hält sich an ihren Händen fest. Er bricht immer wieder ein. Zuletzt spürt er den seltsamen Geschmack im Mund, den er auch spürte, als er mit den Jungen in Vika um die Wette lief. Aber jetzt ist er die ganze Zeit da.

Ab und zu machen sie halt und nehmen ihn wieder auf den Schoß. Ziehen Schuhe und Strümpfe aus, reiben und kneifen Füße und Zehen. Und er muß sagen, ob er etwas spürt. Er wagt jetzt nicht zu schwindeln. Alles ist so unheimlich ernst geworden. Sie haben aufgehört, von der Hütte am Ende des Sees zu sprechen – oder von der Grenze. Und es ist dunkel geworden.

Einmal, als sie ihn auf ihrem Schoß haben, um seine Füße zu untersuchen, hört er jemand weinen. Die Welt wird zu einer Wand unheimlicher Gefühle, als er begreift, daß der Vater weint. Der Junge hat gerade *gesagt*, daß er nichts spürt, wenn Vater ihn in die Zehen kneift. Er hat noch nie gesehen oder gehört, daß Vater geweint hat. Und das Bild des Krieges wird ausgelöscht von diesem einen beklemmenden Bild: Vater weint. Mutter schimpft kraftlos vor sich hin. Er versteht nicht, mit wem sie redet. Aber sie keucht die Worte über seinen Kopf hinweg. Über den Krieg und die Flucht und den Wahnsinn im Winter. Große, anklagende Worte, die keine Bedeutung haben. Weil Vater weint. Er reibt und weint. Mutter reibt und schimpft. Sie sagt die Worte »zu Tode frieren«. Es knistert zwischen den beiden Erwachsenen für einen kurzen Augenblick, bis sie wieder ihre ganze Wärme und Aufmerksamkeit dem Jungen und seinen Füßen zuwenden. Sie sitzen dicht beieinander, während die Verzweiflung sie wie eine dünne Haut umgibt. Er fragt wimmernd, wie weit es noch ist. Aber er bekommt keine andere Antwort als: »Schon gut! Nur ruhig!« Und der Junge weiß, daß Lüge und Kälte und ein langer Weg über endlose Schneeflächen in solchen Antworten verborgen sind.

# 4

Sie haben die Grenze hinter sich und gehen bei spärlichem Mondlicht in die Nacht hinein. Drei armselige Würmchen auf der endlosen, weiten Fläche, wo es keine Schatten gibt, weil nichts einen Schatten wirft. Außer diesen drei menschlichen Körpern und einem kleinen Skischlitten, auf dem eine Margarinekiste festgezurrt ist. Dennoch gehen sie mit ihrem inneren Schatten, jeder für sich. Sie hat entdeckt, daß sie blutet, es droht, durch die Kleidung durchzugehen. Sie merkt schnell, daß es mehr ist als eine gewöhnliche Menstruation. Als das Blut trocknet, reibt es fürchterlich an der Haut. Es wird zu einer Qual, den einen Fuß vor den anderen zu setzen. Der Mann bleibt vor ihr in dem Halbdunkel stehen. Sie hat das Gefühl, die Stille des Gebirges könnte sie ersticken, nachdem das schwache Geräusch von den Skiern und dem Schlitten verstummt ist. Der heftige Ostwind ist ein wenig abgeflaut. Sie will dem Mann von der Blutung erzählen. Aber sie kann es nicht in Worte fassen. Er sieht, daß sie etwas auf dem Herzen hat. Gibt ihr eine von den segensreichen Tabletten. Sie brechen ein paar Brocken von den Brotscheiben ab. Versuchen, auch den Jungen zum Essen zu bewegen. Sie bekommen allmählich fast

Angst vor den eigenen Stimmen. Nur das Allernotwendigste wird gesprochen. Der Mann gräbt ein kleines Versteck im Schnee, als sie an einen Abhang kommen. Sie sieht, wie er sich abmüht, aber vermag ihm nicht zu helfen. Sie versuchen, sich aneinander zu wärmen. Sich ein wenig in Bewegung zu halten. Eine kurze Zeit liegen sie dicht aneinandergekuschelt und hauchen sich gegenseitig an. Nahe. Sie haben nur noch einander in dem eiskalten Mondschein. Er, sie und das Kind. In neunhundert Meter Höhe in einer Bergspalte.
Die Frau und der Mann sehen sie gleichzeitig. Sie kommen auf Skiern genau auf ihr einsames Lager zu. Einer nach dem anderen gegen den Nachthimmel. Bewaffnet. Sie kreuzen die Skispur der Flüchtlinge, als sie den Abhang herunterfahren. Eine deutsche Skipatrouille in der schwarzen Winternacht.
Zuerst nur wie Punkte im Schnee. Schwarze, sich bewegende Punkte. Allmählich größer und näher. Direkt auf sie zu. Dicht über ihren Köpfen drehen sie plötzlich ab, sausen hinunter. Der Abstand wird immer größer. Es geht so schnell. So wahnsinnig schnell. Erst als sie weg sind, kommt die Angst über die Frau. Zitternd drückt sie den Jungen an ihre Brust, so daß er fast keine Luft mehr kriegt. Sie schluchzt ihm ein ersticktes »Pst« zu – ein paar Sekunden zu spät. Sie bemerkt, daß der Mann einen Revolver aus der Hosentasche gezogen hat. Er liegt wie ein böses Auge in seiner Hand. Erst später können sie darüber reden. Einen Teil der Nacht verbringen sie damit, sich warm zu trampeln, sich umschlungen zu halten und zu der Stelle zu schielen, wo die Deutschen verschwunden sind. Kehren sie zurück?

Das Tageslicht wirkt drohend. Als wollte es sie verraten. Aber sie sehen nichts mehr von den Deutschen. Und jetzt kommt es nur noch darauf an, die Schutzhütte am Sitasjaure zu erreichen. Aber Sitas ist eine Ewigkeit weit weg. Die Sorge nagt an den Erwachsenen, ihre Flucht könnte entdeckt sein. Langstrand kann entlarvt worden sein. Jemand kann mißtrauisch geworden sein oder hat etwas durchblicken lassen ...
Ihr Fluchtweg ist nicht der übliche. Die meisten gehen weiter östlich. Der Efjord ist eng und kaum bewohnt. Trotzdem: Sie können entdeckt worden sein. Die Frau hat keinen Raum mehr für den Widerwillen und die Angst, die eine Flucht mit einem kleinen Kind zu dieser Jahreszeit auslöst. Sie verdrängt alles andere vor dem einen Gebot, sich so schnell wie möglich vor den Deutschen in Sicherheit zu bringen. Diese sind nicht länger nur eine potentielle Gefahr, von der sie sich entfernen. Sie sind eine unheimliche Bedrohung hinter der nächsten Schneewehe. Die Tatsache, daß sie auch auf schwedischem Gebiet anzutreffen sind, hat ihnen gezeigt, daß es keine Sicherheit gibt. Die deutschen Patrouillen verletzen Grenzen, wie es ihnen paßt.
Ein paar frühe Morgenstunden gehen schnell vorüber. Sie können die 37–40 Grad Kälte nirgendwo ablesen. Aber sie spüren sie. Niemand sagt ihnen die Windstärke und die noch zurückzulegenden Kilometer. Die Gedanken mahlen in den Köpfen der drei. Ungleiche Gedanken über die gleichen Dinge. Der Ostwind kommt ihnen nun genau entgegen. Die Frau überlegt, wieviel von den 80–90 Kilometern sie wohl noch bis zu der schwedischen Hütte zurücklegen müssen. Berechnet es mit dem umne-

belten und überanstrengten Hirn immer wieder, ohne richtig mit sich selbst einig zu werden. Sie hat längst aufgehört zu fragen. Hat es auch aufgegeben, ihm von ihren Beschwerden erzählen zu wollen. Den Blutungen. Er kann ihr ja doch nicht helfen. Würde nur unruhig und verzweifelt sein. Sie versucht, an etwas anderes zu denken. Indessen reibt das getrocknete Blut an der Haut. Sie schließt den Schmerz aus, so gut sie kann.
»Mattajaure!«
Er keucht den Namen heraus, zusammen mit einer Wolke verdichteten Atems.
Sie nickt. Schafft es nicht, sich zu erinnern, was das eigentlich für die Strecke bedeutet. Aber sie ist sich sicher, daß er weiß, wo sie sind. Er ist mehrmals hier gegangen.
Sie merkt allmählich, daß nicht der Junge das Vorankommen verzögert. Denn er muß auf dem Schlitten sitzen. Sie ist es. Die Schwäche zerrt im Genick. Hat sich festgebissen. Sie läßt sich in dem Schnee auf die Knie fallen. Sagt nichts. Atmet nur schwer. Daß er umgekehrt ist, wird ihr erst bewußt, als er neben ihr steht und sie berührt. Behutsam. Als wäre sie ein Vogel, den er gefunden hat. Einer, der nicht in wärmere Länder geflogen ist, solange noch Zeit war, und der nun dazu verurteilt ist, in der Eiswüste zu bleiben. Er redet leise und wirr mit ihr. Erwähnt Sitasjaure. Den See, an dem die Hütte liegen soll. Er spricht den Namen beschwörend aus. Sie nimmt sich schließlich zusammen. Kommt beschämt und unsicher auf die Beine. Sie hat nur mit sich selbst zu tun. Er hat das Gewicht von dem Jungen und den Schlitten. Trotzdem schafft er es. Dann muß sie es doch auch

schaffen? Sie weiß nicht, daß sie laut gefragt hat, bis er nickt und sagt, natürlich wird sie es schaffen. Es ist nicht mehr weit. Dennoch hört sie an seiner Stimme, daß ihm alles ganz sinnlos vorkommt. Hört seinen Zweifel lautlos zwischen den Schneeflächen und den Bergen hallen, ohne auch nur so viel wie einen Wollfaden oder einen guten Gedanken zu haben, um sich daran zu wärmen. Sie ist schon im Begriff, wieder aufzugeben. Da sieht sie, daß die kugelrunden, leeren Augen des Jungen auf ihr ruhen. Und sie nimmt sich zusammen. Noch einmal. Sie ahnt, wie sich ihre Angst auf das Kind überträgt. Schleppt sich weiter. Die Poren entleeren sich pausenlos unter den Kleidern. Sie ist die ganze Zeit naß. Dampft wie ein Tier, das allzu hart geschunden wird. Der Ostwind geht durch und durch, wie zum Hohn. Die Müdigkeit hat nirgendwo einen Ort, wo sie Schutz suchen könnte. Sie muß weiter. *Muß*.

Der Junge sitzt auf dem Schlitten. Der verharschte Schnee trägt gut. Der Junge hat ein behagliches Bett in der Kiste, und er versucht zu verbergen, daß er schläft. Er hat gelernt, daß die Erwachsenen es nicht wollen, daß er schläft. Es ist gefährlich, sagen sie. Er hat das Wort gefährlich so oft gehört. Er ist das Wort leid. Es reicht nicht bis zu ihm herunter. Auf einmal werfen sie sich auf ihn und ziehen ihn aus der Kiste und zwingen ihn zu gehen. Und ihm wird klar, daß sie entdeckt haben, daß er geschlafen hat. Da muß er wieder hinterhertrotten. Manchmal sind die Füße ganz leicht, auch wenn er sich müde fühlt. Er schlenkert sie in die Luft und spürt den Boden nicht. Er schwebt davon.

Mitunter denkt er an den Schmalzkringel, den er am Weihnachtsabend bekam. In der Glühbirnenschachtel. Und er fühlt, wie warm und schön es war, auf Vaters Schoß am Tisch zu sitzen. Kein Weihnachtsschmuck. Kein Weihnachtsessen. Aber gute Wärme. Unterhaltung am Tisch. Ihm wird bewußt, daß er die Wärme und das Gespräch sehr mochte. Alles andere, was sonst zum Weihnachtsfest gehörte, war nicht mehr so wichtig. Daran denkt er, während er geht. Aber allmählich werden die Füße immer ungelenker. Er stolpert und fällt. Jedesmal, wenn er aufstehen will, hat er das Gefühl, daß er es nicht schafft. Dann darf er wieder in der Kiste sitzen.
»Nur ein bißchen!« sagt Vater drohend, als erwarte er Protest. Aber der Junge hat schon lange nicht mehr protestiert. Er hätte weinen können. Aber er ist nicht imstande dazu. Das kann er sich für später aufheben. Und er sehnt sich nach Langstrands kleinem Hund. Denkt an das warme Hundefell, während er sich Schritt für Schritt im Schnee vorwärtskämpft.
Plötzlich liegt Mutter vor ihm. Sie fuchtelt mit den Armen. Dann bleibt sie einfach liegen. Ganz ruhig. Das ist unheimlich. Vater beugt sich über sie. Das hat er vorher auch schon getan. Aber diesmal antwortet sie ihm nicht, als er mit ihr spricht. Er dreht sie und die Skier so um, daß das Gesicht nach oben schaut. Der Mantelsaum knackt an mehreren Stellen, als Vater sie umdreht. Der Junge hätte zu Hause in Vika darüber gelacht. Aber Vika ist so weit weg, als ob es das gar nicht *gäbe*. Als ob es sich nur um eine Geschichte handelte, die man ihm vorgelesen hat. Auf einmal kann er sich nicht mehr daran erinnern, wie Großmutter aussieht. Der Krieg hat sie

genommen. Alles ist verschluckt von dem großen unheimlichen Bild, das Krieg heißt. Es breitet sich nach und nach vor ihm aus. Und alles, was er gelernt hat, alles, was er gehört hat, ist nur eine kleine Geschichte. Er kann sich nichts anderes vorstellen als diese weiße Eiswüste und Mutters steifgefrorenen Mantelsaum, der sie umgibt wie ein kaputter Regenschirm.

Mutters Augen sehen in den Himmel hinauf, ohne zu blinzeln. Es wird langsam dunkel. Er wagt nicht zu fragen, ob es schon Abend ist. Da ist etwas mit Mutters Augen. Sie sehen ihn nicht. Auch wenn sie jetzt den Kopf bewegt und regelrecht durch ihn hindurchstarrt.

»Nimm du den Jungen und geh ... Ich muß mich ein bißchen ausruhen ... Nimm ihn auf den Rücken und geh. Ich komme nach.« Sie stößt die Worte heraus, während sie durch den Jungen hindurchsieht.

Vater antwortet nicht – zunächst. Bricht nur ein wenig von dem gefrorenen Brot ab, das er in seiner Jackentasche hat. Gibt es ihr. Die Hände sind groß und von der Kälte gerötet. Der Junge kann sich nicht daran erinnern, jemals solche Hände gesehen zu haben. Es sind nicht Vaters Hände. Trotzdem kommen sie aus Vaters Anorakärmeln. Der Junge schluchzt auf und ist sich dessen nicht bewußt. Nicht, bis Mutter anfängt zu reden. Vater und er sollen gehen. Vater räuspert sich. Wie er es manchmal tut, bevor er etwas sagt. Dann schlägt er die Brotscheiben gegen einen Stein, damit sie sich voneinander lösen.

»Davon kann keine Rede sein! Du kommst mit! Wir gehen zusammen weiter, alle drei. Wir schaffen es! Das Schlimmste haben wir hinter uns. Schon längst. Wir sind weit drinnen auf schwedischer Seite, bald an der Sitashütte. Wir sind gerettet – begreif das doch! Wir brauchen nur noch ein Dach über dem Kopf.«

Er sagt es so, als wäre es etwas ganz Selbstverständliches, Alltägliches. Aber der Wind schnappt ihm die Worte aus dem Mund und trägt sie davon. Der Junge hört an Vaters Stimme, daß er nicht er selbst ist. Alles schwimmt vor den Augen des Jungen. Vater und Mutter und das Gebirge und der Schnee. Als hielten ihn nur noch die vielen Kleider aufrecht.

Mutter klagt nicht, aber die Tränen laufen ihr in Strömen die Wangen hinunter. Vater stützt sie eine Weile. Tröstet sie, daß sie sich bald besser fühlen wird, da sie ein wenig gegessen hat. Nach kurzer Zeit bleibt sie wieder zurück. Der Junge geht zwischen ihnen auf seine sonderbare, unsichere Art. Manchmal ist der Boden unter ihm so, wie er sein muß, aber oft scheint er zu verschwinden, wenn der Junge glaubt, daß er einen Fuß aufgesetzt hat.

»Da!«

Mutter zeigt aufgeregt nach vorne.

Vater bleibt stehen und schaut in die gleiche Richtung.

»Siehst du nichts?« ruft sie ungeduldig. Das Gesicht leuchtet.

»Da steht sie doch! Die Hütte! Da!« Sie zeigt eifrig und geht ein paar Schritte weiter, während die Skistöcke an den Lederschlaufen baumeln.

Vater starrt. Er wendet das Gesicht langsam zur Mutter, da er in der Richtung, in die sie zeigt, nichts anderes als Schnee entdecken kann. Vaters *Augen* in der Anorakkapuze, als er ihr antwortet, daß nichts zu sehen ist! Sie wird wütend. Eigensinnig. Zeigt. Taumelt vornüber. Vergißt, daß sie Skier anhat. Fällt. Kommt mühsam wieder hoch. Verliert einen Skistock und einen Handschuh. Vater starrt. Der Junge starrt. Sie starren sie an. Meinen beide, da ist keine Hütte. Trotzdem gibt sie sich nicht geschlagen. Vater gleitet zu ihr hin, er hat plötzlich etwas anderes entdeckt. Ihre Visionen sind unwesentlich. Er greift nach ihrem Handgelenk und hält die Hand hoch. Dann sehen es alle drei. Ihre Hand ist nicht rot gefroren wie Vaters Hand. Der Daumen ist dunkel.

Vater reibt ihn wortlos. Steckt ihn in seinen Mund, um ihn zu wärmen. Sie reden nicht mehr von der Hütte, die sie gesehen hat.

Nach einer Weile setzen sie sich wieder in Bewegung. Die Dämmerung ist hereingebrochen. Bald wird es völlig dunkel sein.

Als der Junge sich einmal umdreht, sieht er, daß Mutter auch den anderen Skistock verloren hat. Er sagt es Vater. Vater dreht sich um und starrt auf die Skispuren. Will den Stock suchen gehen. Aber Mutter schüttelt den Kopf. Die Arme baumeln hilflos an der Seite. Vater erwähnt den Skistock nicht mehr. Sie haben nur noch Kräfte für eines. Den einen Fuß vor den anderen zu setzen. Die Erwachsenen ziehen die Skier schwer über den spröden, körnigen Schnee.

Dann ruft sie wieder, daß sie etwas sieht. Die Hütte sieht. »Siehst du nicht, daß sie die Skier an der Hüttenwand aufgestellt haben?«

Aber Vater sieht es ebensowenig wie er. Mutter ist für sie nicht mehr erreichbar. Das ist nicht mehr Mutter, die mit dem dunklen Daumen im Handschuh hinter ihm geht.

Das ist nicht Mutter, die hysterisch etwas von einer Hütte ruft, die es nicht gibt.

Vater gräbt mit seinen Skistöcken. Versucht, unter die Eiskruste zu kommen. Will eine Art Höhle machen, in der sie die Nacht über bleiben können. Es ist zu dunkel, um weiterzugehen. Der Junge sieht, daß Vater dampft, während er gräbt. Wie die Pferde, wenn sie hart angetrieben worden sind und dann unter ihrer Decke vor Hanssens Laden stehen, den Heusack mit einer Schnur um den Hals gebunden. Aber Vater darf sich nicht ausruhen. Er ist schweigsam und ihm ist warm, während er gräbt und der Atem ihn wie eine Wolke umgibt. Mutter ist am Ende ihrer Kräfte. Sie sinkt über dem Schlitten zusammen. Sie sieht keinen an. Das ist das Schlimmste für den Jungen. Sie hat den Blick nach innen gewandt.

Die Nacht wird kalt. Sie liegen schichtweise aufeinander in der kleinen Grube. Vater hat es geschafft, unter die Eiskruste zu kommen, aber nachdem er eine Weile in dem körnigen Schnee gegraben hat, ist er auf eine neue Eisschicht gestoßen. Er mußte aufhören. Der Junge liegt im Schlafsack. Er liegt so dicht bei den Erwachsenen, daß er nicht weiß, wo er selbst und wo sie sind. Ab und zu drehen sie sich um. Wie auf Kommando. Alle drei. Vater liegt obenauf. Der Junge merkt, daß Vater wiederholt die Schuhe auszieht und die Füße massiert. Dann schläft er, drängt das Ganze weg. Die Nacht ist endlos. Mit Gebirge und Schnee länger, als ein armseliges Menschenleben dauern kann.

Die kurze Zeit, in der es am dunkelsten ist und sie ruhig liegen, ist plötzlich vorüber. Gegen Morgen hört er sie darüber reden, daß Vaters Schuhe undurchlässig sind.

Sie lassen die Feuchtigkeit nicht heraus. Es sind Schuhe aus Seehundsfell, mit Tran und Teer eingeschmiert. Vater meint trotzdem, die Füße werden es schon aushalten. Der Junge wird hellwach und ist auf einmal schrecklich froh, daß Vater und Mutter miteinander reden. Es ist in gewisser Weise ungefährlich, wenn sie reden. Am schlimmsten ist es, wenn er nur das Geräusch des Windes und das Kratzen der Skier und Stöcke über den Harsch vernimmt. Ja, und seine eigenen einsamen Schritte in der Spur. Er hat das Gefühl, daß er immer so gehen müßte, wenn sie nicht reden.
Vater hört auf zu reden, als sie losgehen. Der Morgen ist schlimmer als die Nacht. Der Junge spürt seine Füße nicht mehr. Aber er sagt nichts. Er ist nur froh, daß sie nicht weh tun und daß es kälter geworden ist, so daß er nicht durch die Eiskruste bricht.
Sie sind lange auf einem großen See gegangen. Er ist trostlos flach. Die Erwachsenen quälen sich auf der eisigen Unterlage vorwärts. Die Berge sind jetzt weiter entfernt. Weiß. Bläulich die Gipfel. Der Himmel ist klar und hat die Kälte zu ihnen hinunter auf die endlose Eisfläche gedrückt.
Gelegentlich trägt Vater ihn. Das hat er lange nicht mehr getan. Er murmelt, daß es in der Kiste zu kalt ist. Der Junge spürt die schwache Wärme von Vaters Rücken. Aber Vater kann ihm nicht die Wärme geben, die er braucht. Die Beine sind gefühllos und drücken hart gegen den Rucksack. Er ist froh, daß er sie nicht spürt.
Einmal fängt Mutter an zu drängen, daß Vater und er allein weitergehen sollen. Vater wird furchtbar böse. Schreit, daß sie zusammenbleiben müssen. Daß niemand

einen anderen in den Bergen allein läßt. Das ist ein *Gebot*.
Der Junge versteht nicht, daß ein *Gebot* noch wichtig ist.
Aber er sieht ein, daß sie von Mutter nicht weggehen
können.
Sie bleibt immer öfter zurück. Vater dreht sich um und
wartet jedesmal. Sie hört auf zu drängen, daß sie allein
weitergehen sollen. Hält bis zu einem gewissen Grad
Schritt mit ihnen. Er duselt ein. Vater merkt es, und
jetzt muß er wieder gehen. Die Schneefläche kommt
ihm entgegen, als er von Vaters Rücken heruntergleitet.
Schrecklich schnell. Wie ein böser Traum, aus dem man
möglichst schnell erwachen möchte. Indem seine Füße
den Boden berühren, knicken sie unter ihm weg, als
hätte er nie Füße gehabt.
Also runter mit Schuhen und Strümpfen. Reiben und
massieren. In rasender Eile. Vaters Atem ist entsetzlich
laut. Erfüllt die ganze Welt. Der Junge wünscht sich, der
Atem würde von anderen gehört, damit sie kämen, um
sie zu retten. Und in dem Augenblick, in dem er das
denkt, wird ihm bewußt, daß es genau darum geht. Gerettet zu werden. Er begreift, daß es nicht sicher ist, daß
sie gerettet werden. Auch Vater hat seine Zweifel. Vater
und Mutter bekommen andere Gesichter für ihn, als er
das erkennt. Schließlich gibt es Vater auf, ihn wieder
gehen zu lassen. Immer öfter muß er von Vaters Rücken
herunter, um massiert zu werden. Gelegentlich kommt
er in die Kiste auf dem Schlitten. Eine kurze Zeit, während er da sitzt, spürt er einzelne weiche Schneeflocken
auf seinen Backen. Sie schmelzen langsam. Er leckt sie
unwillkürlich auf und merkt gleichzeitig, daß er einen
unerträglichen Durst hat.

Da sieht er, daß Vater zu dem Berg am Ende des Sees zeigt, und er hört ihn sagen, daß sie nur noch den Berg umgehen müssen, dann sind sie da. Der Berg wächst vor seinen Augen und wird größer als alles andere, was er in seinem Leben bisher gesehen hat. Und die Entfernung zum Fuß des Berges zieht sich in die Länge, und es wird unmöglich, sie zu bewältigen.

Sie sieht den Rauch. Aber wagt es nicht zu sagen. Würde die Enttäuschung nicht verkraften, wenn der Mann sagt, daß sie wieder Visionen hat. Sie sieht auch die Hütte. Erkennt sie ganz deutlich am Horizont, während sie sich breitbeinig voranquält. Die Hände versagen ihren Dienst. Sie läßt sie einfach herunterhängen. Die wundgeriebenen Stellen im Schritt tun nicht mehr weh. Sie hat sich lange weitergeschleppt, ohne irgend etwas zu empfinden. Es klingelt in ihrem Kopf: Dies ist besonders gefährlich. Aber sie hat keine Kraft, aus ihrem apathischen Zustand auszubrechen. Der Kopf bewegt sich auf dem Hals im gleichen Rhythmus, wie der Körper sich vorwärtsschiebt. Aber sie hat für nichts ein Gefühl. Sie sieht die Hütte und den Rauch. Aber es betrifft sie nicht. Dann plötzlich bleibt der Mann stehen. Starrt. Zeigt. Wendet sich zu dem Jungen in der Kiste. Zu ihr, die breitbeinig und mit hängenden Armen teilnahmslos dasteht. Vergißt, daß er Skier an den Füßen hat. Will anfangen zu laufen. Wäre beinahe kopfüber hingefallen. Bleibt stehen, breitet die Arme mit den Skistöcken aus, während ihm ein sonderbar erstickter Laut entfährt.
»Die Hütte! Schau! Da ist Rauch!«
Er fängt an zu lachen. Kann nicht aufhören. Steht mit

angewinkelten Armen und baumelnden Skistöcken da, mit einem wahnsinnigen Lachen, das mit nichts zu vergleichen ist.
Da begreift sie, daß es Wirklichkeit ist. Daß das, was sie eine Weile schon gesehen hat, wirklich eine Hütte ist. Die Tränen steigen gewaltsam hoch.
Der Mann geht voraus, den Schlitten hinter sich herziehend. Sie beeilt sich nachzukommen, während die Nase läuft und die Tränen fließen und dünne Eisschichten auf dem Gesicht bilden. Manchmal wischt sie mit der Hand, über die sie noch die meiste Kontrolle hat, das Gesicht ab. Jetzt sieht sie, daß ein Mensch aus der Hütte tritt und ihnen entgegenkommt. Der Mann stapft drauflos. Hat plötzlich enorme Kräfte zur Verfügung. Dann bleibt er stocksteif stehen. So jäh, daß der Schlitten, der gut ins Gleiten gekommen ist, ihm in die Fersen fährt und ihn für Augenblicke auf die Nase zu schubsen droht. Aber er steht. Die Hütte, der Rauch – es wird alles unwirklich. Ihr Hals schnürt sich zusammen. Sie kriegt keine Luft.
Der Mann, der ihnen über das schneebedeckte Eis entgegenkommt, trägt eine deutsche Uniform.

# 5

Sie weiß, daß es nicht wahrscheinlich ist. Es gibt keine Deutschen so weit hinter der schwedischen Grenze. Trotzdem muß sie diesmal glauben, was sie sieht. Die Flüchtlinge bleiben stehen. Wie festgefroren. Der Mann in der deutschen Uniform ist bewaffnet. Er ist ruhig, trägt das Gewehr aber vor sich her. Kommt langsam auf sie zu. Sie rühren sich nicht. Es ist nichts zu machen. Wie weit sie sich auch auf neutralem schwedischem Gebiet befinden, es nützt ihnen wenig hier im Ödland mit einem bewaffneten Deutschen. Sie wissen es. Warten. In langen, unwirklichen Sekunden denkt sie daran, wie vergebens alles war. Die Mühsal. Der Ostwind. Die eisige Kälte. Der schwarze Daumen. Die aufgeriebene Haut im Schritt. Der Hunger. Der Durst. Die Angst. Die Zukunftsperspektive schrumpft über ihrem Kopf zusammen. Sie sieht ihr eigenes Leben von außen mit einem trotzigen, kleinen Seufzer. Ein Seufzer auf dem Meer von Krieg und Unfreiheit und Blut. Dann beginnt sie wieder zu gehen, um den Mann und den Schlitten zu erreichen. Sie hat das Gefühl, daß sie jetzt bei dem Jungen sein muß. Bevor es passiert. Sie muß dasein, wenn die deutschen Kommandorufe ertö-

nen und das Gewehr von den flinken Soldatenhänden hochgenommen wird.
Aber sie kommt nicht rechtzeitig hin. Die Männer treffen sich. Sie reden miteinander. Sie kann nicht verstehen, was sie sagen. Der Abstand ist zu groß. In gewisser Weise ist sie außerhalb des Ganzen. Genauso wie sie außerhalb aller vernünftigen Gründe dafür ist, daß sie sich meilenweit in den schwedischen Bergen auf der Flucht aus ihrem eigenen Land befindet. Sie weiß nicht, was sie erwartet. Der Junge und der Mann in einer Blutlache auf dem weißen Eis? Zwei- bis dreihundert Meter liegen zwischen ihnen und ihr. Dennoch eine ganze Welt. Der Mann in der Uniform zeigt auf die Hütte. Zeigt auf sie selbst. Sie sieht, daß von ihr gesprochen wird. Sie ist an dem Punkt angelangt, alles aufzugeben. Es wird ihr schwarz vor Augen. Sie bleibt trotzdem kerzengerade stehen. Als wäre dies die geringste Anstrengung.
In diesem Augenblick strömen sie aus der Hütte. Sie steht wie gelähmt und sieht zu. Sie stürzen heraus. In jeder Art Aufmachung. Männer. Wie von verrußten, unrasierten Engeln wird sie von allen Seiten umringt. Sie wird von starken Händen hochgehoben. Den kleinen Hang bis vor die Hütte hinaufgetragen. Die Männer sind fröhlich und aufgeschlossen. Die Wärme aus dem Raum da drinnen schlägt ihr entgegen wie etwas Unwirkliches, an das sie sich aus grauer Vorzeit erinnern kann, aber von dem sie vergessen hat, wie es ist. Oder daß es das gibt. Sie reden polnisch und tschechisch. So einfach ist das. Polnisch, tschechisch und norwegisch. Den Grund für die deutsche Uniform versteht sie nicht recht. Es ist wohl gut, dergleichen hier zu haben. Gewehr und deutsche Uniform. Eine

Lebensversicherung für den, der hinaus muß, um festzustellen, ob Freunde oder Feinde kommen. Weder sie noch der Mann fragen, wozu die Uniform gut ist. Es gibt genügend anderes zu fragen. Die sprachliche Verständigung reicht für ein einfaches Gespräch.
Man hilft ihnen, die Oberkleider auszuziehen. Da spürt sie den scharfen Geruch von altem Blut Aber sie hat nicht die Kraft, es als störend zu empfinden. Läßt sich einfach in eines der warmen Betten legen. Läßt sich von den Männern versorgen, während sie mit halbgeschlossenen Augen zusieht. Sie hat das Gefühl, endlich nach Hause gekommen zu sein. Falls sie jemals ein Heim gehabt hat – dann muß es hier sein. Und sie gleitet hinein in einen schwebenden Dunst von Wärme und Erleichterung. Sie sieht die warmen Gesichter, den dampfenden Topf, in dem Speck gekocht wird, die beschlagenen, kleinen Fensterscheiben. Es fällt ihr plötzlich ein. Das Ziel: das Südende des Sitasjaure, die Hütte mit dem Rauch aus dem Schornstein. Das Gelobte Land in der Eiswüste. Die Männer. Lebendige Menschen. Wärme von den Körpern und der Feuerstelle. Sie schließt die Augen und sieht trotzdem die Männer in dem Raum vor sich. Dazwischen bemerkt sie die deutsche Militärjacke, die an einem Holzhaken neben der Tür hängt.
Sie erwacht aus ihrem dösigen Zustand, als ihr jemand die Strümpfe auszieht, ihre Hände und ihr Gesicht untersucht. Sie anstarrt, als ob sie ein Gegenstand wäre. Eine merkwürdige Angelegenheit. Aber sie meinen es gut. Sie nehmen sich auch des Jungen und des Mannes an. Weichen zurück und schreien auf, als sie die Füße der beiden anderen sehen. Sie wagt nicht hinzuschauen. Es

wirbelt in ihrem Kopf herum. Eine Art Gebet. Um Gnade. Jetzt, wo sie da sind, kann sie beten, daß es nicht zu spät sein möge ...
Die fünf polnischen und tschechischen Flüchtlinge diskutieren, wie man Erfrierungen am besten behandelt. Der Mann meint, daß warme Wolle das einzig Richtige sei. Die Polen meinen, sie hätten gelernt, man solle mit Schnee einreiben. Die norwegischen Flüchtlinge haben nicht genug Energie, dagegen zu protestieren. So wird die schicksalsschwere Entscheidung getroffen. Schnee wird hereingeholt, und die erfrorenen Gliedmaßen werden damit eingerieben. Ihre Nase und ihr Gesicht bekommen die gleiche Behandlung. Sie haben wohl den Verdacht, daß mit ihrer Nase auch etwas nicht stimmt. Sie schiebt den Gedanken von sich und schlummert auf einer Welle von Wärme ein. Spürt kaum den eiskalten Umschlag. Hört apathisch, wie der Junge über den Schnee jammert, mit dem sie ihn einreiben, dann gleitet sie weg in dem schmutzigen, alten Bettzeug, in dem schon unzählige Wanderer vor ihr gelegen haben. Zeit und Raum existieren nicht mehr. Allein wichtig ist, daß der Junge in dem Bett über ihr liegt und sie alle drei ein Dach über dem Kopf haben. Daß sie endlich ruhig liegen kann. Ausgestreckt. Schlafen. Aber in den Schlaf hinein kommen die Visionen. Die weißen Flächen breiten sich in der Hütte aus, wogen zwischen Bett und Wand. Ein paarmal spürt sie den Ostwind mitten im Gesicht.
Einmal ist sie hellwach und hört die Männer von Ballangen reden. Sie sind Flüchtlinge aus Beisfjord. Aus dem Gefangenenlager dort. Sie haben sich in einer Scheune versteckt, bevor sie losgingen. In einem kurzen Aufleuch-

ten erkennt sie, wo sie ist. Tief drinnen im Gebirge. Aber auf der richtigen Seite der Grenze. Und weiter vermag sie nicht zu denken. Dann kommt die tiefe Dunkelheit in die Hütte. Die Stimmen steigen und fallen rund um eine Kerze auf dem Tisch.

Sie sieht die Männer an. Versucht sich zu erinnern, wer sie »behandelt« hat. Einer von den fünf Männern ist sehr jung, die anderen sind ihrer Meinung nach dreißig bis vierzig Jahre alt.

Sie kennt den abscheulichen Frostschmerz von früher, als sie mal in eisiger Kälte draußen war, aber nichts ist mit diesem hier zu vergleichen. Sie ist dafür dankbar, daß die Männer am Tisch reden und lachen, so daß sie ihr Stöhnen nicht hören können. Gelegentlich kommen sie zu den Betten und bemühen sich um die drei. Sie sieht ihren Augen an, daß es schlecht steht. Sie fragt nach dem Jungen. Erhält zur Antwort, daß er schläft. Aber sie glaubt deutlich zu hören, daß er im Schlaf wimmert. Und sie schließt die Augen und betet, daß es nicht zu spät sein möge.

Sie bieten ihr etwas zu essen an. Aber sie kann nicht essen. So wird sie gefüttert. Umsichtig und langsam. Als wäre sie ein Kind. Der Mann und der Junge essen allein. Sie zwingt sich, nicht auf die Uniformjacke neben der Tür zu schauen. Sie hängt da wie eine kraftlose Hülle.

Allmählich spürt sie, daß die Haut unter den verschwitzten Sachen zu leben beginnt. Sie möchte sich waschen. Sie träumt von fließendem, duftendem, warmem Seifenwasser. Überlegt, daß der Junge ebenso schmutzig sein muß wie sie. Ja, auch der Mann. Trotzdem ist es sicher am schlimmsten für sie selbst. Mit den stinkenden, blutigen Hosen. Das Blut ist durch alle Schichten durchgegangen – bestimmt. Vier Hosen. Sie tastet unter der Bettdecke. Aber stößt die erfrorenen Hände an. Merkt, daß sie offene Wunden hat. Gibt es auf, weiter daran zu denken, daß sie sich waschen möchte. Vergißt es. Horcht ab und zu auf den Atem des Jungen und den des Mannes. Und die Stimmen am Tisch. Die Dunkelheit liegt jetzt in allen Ecken. Das ist gut so. Sie will nicht sehen, was los ist. Sie kann ja doch nichts machen. Kann sich selbst nicht helfen. Kann keine Pläne schmieden und sich nicht um die Füße des Jungen kümmern. Es wird schon gut werden. Alles wird wieder gut.

Sie wacht im Laufe der Nacht davon auf, daß sie an die wunden Hände stößt, weil sie versucht, sich zu kratzen. Es schmerzt fürchterlich. Aber sie *muß* kratzen. Es juckt am Kopf und am Körper. Überall. Der Mann wacht auf und fragt, was los ist. Sie antwortet ihm wahrheitsgetreu, daß es juckt. Im gleichen Augenblick kriecht etwas Hartes in ihre Handfläche, und sie schreit auf. Der Pole, der das Feuer hütet, kommt an ihr Bett und erklärt in gebrochenem Deutsch, daß die Betten voller Läuse sind. Hebt resigniert die Arme. Was sollen sie tun? Sie müssen doch etwas haben, um darin zu liegen. Es nützt nichts, ihr einziges Bettzeug wegzuwerfen. Sie spürt, daß die Panik sie wie eine Flutwelle überfällt. Die Hysterie. Sie setzt sich mit großer Anstrengung im Bett auf. Schreit die Männer an. Befiehlt ihnen, Jagd auf die Läuse zu machen. Der junge Pole zuckt resigniert die Achseln und zündet die Kerze an. Die Männer in den übrigen Betten im Raum drehen sich um und murren im Halbschlaf. Sie beruhigt

sich nicht. Der Mann und der junge Pole inspizieren Haare und Kleider. Sie brauchen nicht gerade zu suchen. Zitternd läßt sie die Männer die Läuse absuchen, so gut es geht. Es sind allerlei Tierchen, die im Ofen enden. Aber trotzdem gibt es noch sehr viele. Sie weiß es. Fühlt es. Es wird immer schlimmer. Sie hat den apathischen Zustand überwunden, spürt keinen Schmerz von den Wunden im Schritt oder den Erfrierungen an den Händen und im Gesicht. Wegen dieser einen Sache: Läuse!
Sie lachen nicht über sie. Sie sehen, wie ihr zumute ist. Einige werden wach und kommen an ihr Bett. Versuchen sie damit zu trösten, daß es allmählich besser wird. Morgen wird sie es nicht mehr merken. Man gewöhnt sich an alles. Aber sie hört nicht auf sie. Das Gehirn ist wie eine einzige große juckende Wunde oben in ihrem Kopf. Sie weiß nicht, wohin mit sich. Der Mann kratzt sich auch. Aber bei ihr ist es schlimmer. Zuletzt glaubt sie, daß die Läuse aus allen Poren kriechen. Schmerzen und Kälte sind ein Nichts gegen diese Nacht, in der alles Ungeziefer von ihr Besitz ergreift.
Sich wieder auf die schmutzige, verlauste Pferdedecke sinken zu lassen ist nicht weniger schrecklich, als sich auf ein Feuer zu legen. Aber sie überwindet sich. Die Männer haben so viele Läuse wie möglich abgesucht. Mehr können sie nicht tun. Sie hat genau die Wärme, die solches Ungeziefer braucht. Es sind immer noch Läuse da. Sie spürt sie wohl. Sie kratzt, bis die wunden Hände nässen und bluten. Aber zum Glück ist es in der Hütte dunkel. Die Nacht hat einen brausenden Wind und einen schlafenden Atem. Manchmal hört sie, daß der Mann, der das Feuer hütet, Holz nachlegt. Da kommen ihr die Läuse

vor Augen, die ins Feuer geworfen wurden. Ein ganzes Heer! Und sie sieht sie vor sich, wie sie krabbeln und aus dem Feuer herauswollen. Und es juckt. Juckt fürchterlich. Es überfällt sie das irre Gefühl, daß immer noch ein paar krabbelnde Viecher in den Gehörgängen und in den Nasenlöchern sitzen würden, falls es ihr gelänge, sich Haut und Haare abzuziehen. Zu guter Letzt geht das Kratzen und das Wissen um die Existenz der Läuse auf ihrem Körper in Schlaf und Alpträume über. Sie wird bei lebendigem Leibe von dem krabbelnden Ungeziefer aufgefressen. Es höhlt sie aus, bis nur noch die verschwitzten Kleider von ihr übrig bleiben. Sie glaubt, das Ungeziefer zu fühlen – bis in die Stoffasern.
Gegen Morgen kommt das Tageslicht und entschleiert den Raum. Sie schlägt plötzlich die Augen auf und *sieht* das Bettzeug, in dem sie liegt. Schmutzig und fettig. Von einer undefinierbaren Farbe. Unzählige Menschen haben hier gelegen und darauf gewartet, daß etwas geschehen würde. Etwas, das ihnen das Leben zurückgeben könnte. Sie denkt auf einmal an die vielen Stunden, in denen sie alles hatte, aber sich dessen nie bewußt war. Eine heftige Scham, eine große Trauer überkommt sie. Sie findet sich mit der schmutzigen grauen Hütte ab. Die Menschen, die entlang den Wänden schlafen, sind alle in der gleichen Situation. Sie haben alle in der ersten Nacht bis aufs Blut gekratzt. Sie haben alle durch das Fenster gestarrt, in das Schneetreiben da draußen. Alle tragen einen Traum von einem anderen Leben in sich. Sie sind freundlich und hilfsbereit. Sie sind vor etwas geflüchtet, was noch schlimmer war, soviel versteht sie, aber sie erzählen nichts. Das ist das ungeschriebene Ge-

setz der Flüchtlinge. Außerdem sind da die Sprachbarrieren. Aber sie ahnt es aus den wenigen Bemerkungen, aus der Art, wie sie das Essen zubereiten, wie sie essen. Sie sieht, wie sie miteinander umgehen und die Gemeinschaft erleben. Sie sieht, daß diese Menschen auf dem Weg zurück ins Leben sind. Das Leben hier ist nur ein Außenposten, bis sie die Gefangenschaft und die Erniedrigung hinter sich haben. Sie fühlen sich nicht so, wie sie sich fühlt. Gefangen. Sie waren so lange in Gefangenschaft, daß dies hier Freiheit bedeutet. Läuse oder keine Läuse. Schmutz, Wasser und Brot und salziger Speck, Schweiß und vom Rauch gerötete Augen. Das sind Bagatellen für sie. Sie haben ihr Leben gerettet. So weit.
Sie sieht sich allmählich immer mehr als eine von ihnen. Der Mann ist stumm, nachdenklich, aber ruhig. Der Junge hat arge Schmerzen in den Beinen. Sie fängt wieder an zu bluten. Das ist keine normale Menstruation. Soviel ist sicher. Gelegentlich fühlt sie so etwas wie Haß auf die Männer, denn *das* haben sie jedenfalls nicht. Aber sie weiß, wie absurd und unbegründet es ist. Indessen blutet sie auf der Matratze aus. Tröstet sich damit, daß sie wenigstens nicht gehen muß. Sich nicht noch mehr Haut aufreibt. Sie hätte fragen können, ob sie ihr helfen wollen. Sie sauber machen. Sie bringt es nicht fertig. Sie weiß, daß es kindisch ist. Daß man sich an einem solchen Ort nicht zu schämen braucht. Aber sie sieht auch, daß es nichts gibt, was man als Binde benutzen könnte. Sie liegt so ruhig, wie sie nur kann. Der Junge schläft meistens. Mitunter ist sie hellwach und fragt nach ihm. Er schläft, bekommt sie zur Antwort. Die Schatten, der Raum, die Bewegungen der Männer, das Tageslicht,

die Dunkelheit – alles gleitet in einen wolligen, unwirklichen Nebel.
Einmal wacht sie davon auf, daß der Mann den Arm um sie legt. Sie möchte ihm gerne zeigen, daß sie es wahrnimmt und sich darüber freut, daß sie zusammen und am Leben sind. Aber die Hände sind so schwer. Kraftlos. Es ist, als hätte die Matratze sie leergesaugt.

Der Junge versucht, nicht an den unerträglichen Frostschmerz, den er – immer noch – in den Zehen, in beiden Füßen verspürt, zu denken. Er hat seine Füße gesehen. All die offenen Blasen. Sie bedecken die ganze Fußsohle. Er kann nicht auftreten, und die Schmerzen kommen in Wellen. Manchmal sind sie schwächer. Dann sind sie wiederum so stark, daß die Tränen unwillkürlich laufen. Er hat nicht gewußt, daß etwas so weh tun kann. Gelegentlich nickt er ein. Aber dann sind die Schmerzen wieder da. Er wird den Anblick der schwarzen Zehen und der Blasen nicht los. Er will von seinen eigenen Füßen nichts mehr wissen. Als hätte jemand sie gegen diese Mißbildungen eingetauscht.
Vater sitzt am Tisch und macht Kerzen aus dem Fett, das die Männer beim Speckkochen abgeschöpft haben. Er hat früher schon in dieser Hütte übernachtet und weiß, wo er einen Docht für die Kerze findet. Er gießt das Fett in eine gesprungene Tasse und legt den Dochtstumpf vorsichtig hinein. Anschließend braucht er nur noch zu warten, bis alles fest geworden ist. Dann zündet Vater die Kerze an, so daß die spärliche Flamme in dem Atem der Männer am Tisch flackern kann.
Einmal ruft Mutter, daß sie alle ruhig sein sollen. Sie

beugt sich über die Bettkante und wiegt den Oberkörper und summt. Die Polen am Tisch hören jäh auf zu reden und starren auf die Frau im Bett.
»Hört!« ruft sie fröhlich. Die Stimme ist heiser.
»Was sollen wir hören?« sagt Vater müde und streicht ihr über die Haare.
Vater liegt auch die meiste Zeit. Er hat die gleichen Blasen unter den Füßen wie der Junge. Aber gerade jetzt hat ihm einer der Männer geholfen, draußen vor der Hütte ein notwendiges Geschäft zu erledigen. Er will sich eben wieder hinlegen, als seine Frau den Anfall hat.
»Hörst du nicht das schöne Violinsolo?« ruft sie. »Das Klavier? Das Konzert? Pst!«
Es wird schrecklich still im Raum. Nur das Knistern im Ofen und Mutters Stimme sind zu hören.
»Liebes – hier ist kein Konzert.«
Der Mann beugt sich über sie und streicht ihr mechanisch übers Haar, das von Schweiß und Schmutz verfilzt und scheckig ist. Das helle schulterlange Haar hat die gleiche Farbe wie die Wolle der Schafe, die im Winter draußen weiden. Alles wird so seltsam still. Der ganze Raum hält die Luft an. Die offenen Gesichter der Männer sind der Frau im Bett zugewandt. Ernst, voller Mitleid. Ein Ausdruck, den man nicht deuten kann. Menschen, die einen Schiffbrüchigen sehen, ohne helfen zu können. Einer kommt mit geschmolzenem, abgekühltem Schnee in einer henkellosen, mit blauen Blumen bemalten Tasse. Will ihr zu trinken geben. Aber Mutter fegt ihn weg, bewegt den Oberkörper leicht vor und zurück und hat die Augen genußvoll halb geschlossen. Dann fällt sie jäh ins Bett zurück und liegt ganz ruhig. Nur der heftige,

mühsame Atem verrät, daß sie lebt. Es ist, als hätte sie die anderen verlassen. Als wüßte sie nicht, daß sie noch da sind. Der Junge ist außer sich vor Angst. Vater erklärt ihm, daß Mutter krank ist, hohes Fieber hat und »dummes Zeug« redet. Der Junge ist scheinbar beruhigt, aber er zittert noch lange und denkt ganz fest, daß Mutter nicht sterben darf.


Die Polen braten zur Abwechslung den Speck, obwohl sie wissen, daß sie davon Durst bekommen. Die Speisekammer enthält gesalzenen Speck und Knäckebrot. Mit dem Speck wird nicht gespart. Hinterher gibt es sehr viel Wasser und viele Geschichten über auserlesene Gerichte. Der Bratendunst legt sich fett und scharf auf den Ofen, wälzt sich in den Raum und gibt ihnen allen den gleichen Geruch. Er überdeckt den Körpergeruch jedes einzelnen, sogar den Blutgeruch der Frau im Bett.
Sie hört Beethoven. Sie sitzt in einem Samtsessel und hört ihre Lieblingskompositionen. Das Gesicht glüht. Sie hat keinen Sinn für salzigen Speck. Sieht sie kaum. Die Männer. Sie verschwinden allmählich, wenn sie den Blick auf sie heftet. Sie sieht hinter sie, an ihnen vorbei. Auf etwas Jenseitiges. Manchmal richtet sie sich halb im Bett auf, tastet mit den blauschwarzen Daumen in der Luft und bittet die Männer, still zu sein. Sie schont die Stimme nicht, wenn sie nicht gehorchen. Dann fällt sie vor Schwäche wieder zurück. Weiß, wo sie ist. Der Raum. Der Schmerz. Lebendig begraben in einer Hütte im Schnee. Meilenweit von Menschen entfernt. Eingegraben in ihrem eigenen alten Blut, ihrem eigenen unerträglichen Schmerz. Dann trinkt sie kaltes Wasser aus der henkello-

sen Tasse, die sie ihr reichen. Dankbar, weil jemand errät, daß sie Durst hat.

Die Männer vermeiden es, auf ihre schwarze Nase zu sehen. Sie selbst hat kaum erfaßt, daß etwas mit ihrem Gesicht nicht stimmt. Aber die Männer wissen es. Sehen die Veränderung. Verstehen, daß sie sich nicht im Spiegel sehen soll. Und es besteht auch keine Gefahr. Sich solche Luxusartikel anzuschaffen, auf die Idee ist keiner gekommen. Zwischen Gletscher und Himmel, zwischen der Hölle und dem Traum von Freiheit und einem sauberen Bett ist das ganz unwichtig.

Indessen liegt der Bratendunst fett und undurchdringlich auf ihnen allen. Bringt für den Augenblick ein wenig Trost. Eine salzige, enorme Sättigung, die rasch in einen unerträglichen Durst übergeht, der wiederum, wenn es dunkel wird, zu einem eiligen Tasten nach der Hüttentür führt.

Während sie voller Eifer Musik hört und die anderen dazu bewegen will, still zu sein, damit ihr kein Ton entgeht, puhlt sie die Blasen an den erfrorenen Händen auf. Der Mann möchte erreichen, daß sie es sein läßt, vergeblich. Sie bittet ihn irritiert, sie doch nicht länger zu quälen. Und sie will auch keine Tabletten mehr nehmen, als er versucht, ihr ein Sulfapräparat zu geben.

Zwischendurch ist sie ganz klar und spürt die Läuse krabbeln. Kratzt mit wütender Energie. Die Frostwunden springen auf und nässen.

Draußen hat der Wind Sturmstärke angenommen. Auf diese Weise vergehen drei Tage. Die dunkle Farbe der erfrorenen Glieder ist unmißverständlich.

Die Polen und die Tschechen sitzen am Tisch und warten

darauf, daß der Sturm abflaut. Oder sie liegen, in Gedanken versunken, auf ihren Betten. Sie sind alle Flüchtlinge. Aber nur die drei Norweger haben Erfrierungen und Probleme damit, sich zu bewegen.

Der Mann hinkt für seine notwendigen Geschäfte mit Hilfe der anderen Männer nach draußen. Die Frau und der Junge schaffen nicht einmal das. Das Intimleben ist schmerzlich. Aber allmählich stumpft auch das Schamgefühl ab. Sie läßt es zu, daß der Mann ihr bei den Blutungen beisteht, so gut er kann. Sie behelfen sich mit einem schmutzigen, zerrissenen Hemd. Sie ist in dem Augenblick, als es vor sich geht, ganz klar. Erstickt beinahe an dem Gefühl der Erniedrigung, als er alles beiseiteschiebt und das Hemd zwischen die stinkende, schmutzige Haut und die noch schlimmeren Kleider legt. Aber sie spürt so etwas wie ein armseliges, schamhaftes Wohlbehagen, nachdem es geschehen ist. Die Männer an dem rohen Holztisch hängen über einem Kartenspiel und bemühen sich, so zu tun, als wären sie nicht im gleichen Raum. Sie ist ihnen dankbar dafür. Gleichzeitig wird sie von einer gewissen Übelkeit befallen, die in Wut übergeht. Daß sie hier so liegen muß. In ihrem eigenen Blut. Der Krieg hat sie eingeholt. Er ist kein spannendes, heldenmütiges Spiel mehr. Er ist die Idiotie der Männer. Sie denkt ein paar Minuten daran, während sie versucht, ihren erbärmlichen Körper nicht zu beachten. Sie geben ihr Wasser. Sie essen Speck. Sie wird diesen Gestank von Speck und Blut niemals vergessen. Sie liegt ruhig da, und die Tränen laufen ihr über das Gesicht und sammeln sich in ihrer Halsgrube, ohne daß jemand es merkt.

Sie hört, daß der Mann die fünf anderen zu überreden

versucht, dem Unwetter zu trotzen und Hilfe zu holen. Die Vorräte schwinden. Sie können nicht mehr lange durchhalten, wenn sie alles unter acht aufteilen müssen. Wasser ist das einzige, wovon sie genug haben, denn der Gebirgssee hat gleich unterhalb der Hütte eine offene Rinne. Am wichtigsten ist es, ärztliche Hilfe für die Erfrierungen zu bekommen, ehe es zu spät ist. Ja, die Männer verstehen … Sie holen das allernotwendigste an Wasser und Brennholz herein und stellen es für die norwegische Familie zurecht. Dann machen sie sich auf den Weg.

# 6

Die Leere, nachdem die fünf gegangen sind, ist deutlich zu spüren. Der Mann kommt sich wie ein Pendler zwischen Hoffnung und Apathie vor. Als einziges weiß er, daß er die Hoffnung nicht zu früh aufgeben darf. Er bewegt sich mühsam zwischen dem Bett und dem Wassereimer, dem Ofen und der Brennholzkiste. Der Junge schläft die meiste Zeit. Sie hat ihre klaren Momente. Aber er wagt nicht, mit ihr über das zu sprechen, was er befürchtet. Daß die Polen und die Tschechen ihr Ziel nie erreichen werden, nie Bescheid sagen können, daß sie hier liegen. Er sieht der Wahrheit allmählich ins Auge. Ohne den Bescheid der Polen und Tschechen ist es ungewiß, ob jemand auf die Idee kommt, sie hier zu suchen. Und er hat genug von den eigenen erfrorenen Gliedmaßen gesehen, er weiß, daß sie nicht daran denken können, sich auf eigene Faust zu Menschen durchzuschlagen. Es bleibt ihnen nichts anderes übrig als das Warten. Er hält sich die ganze Nacht krampfhaft wach, um zu heizen. Er versucht, den beiden anderen etwas zu essen zu geben. Aber sie verweigert die Nahrung. Nur das kalte Wasser gleitet hinunter. Sie ist kaum bei Bewußtsein. Er sieht, daß die Nase die gleiche dunkle Farbe

angenommen hat wie die Daumen, und er will nicht einmal sich selbst eingestehen, daß sie sich das Gesicht erfroren hat – besonders die Nase, so daß Gefahr im Anzug ist. Er sieht sich die Füße des Jungen an und kann es nicht ändern, daß Hoffnungslosigkeit ihn überfällt. Die Wasserblasen sind so groß, daß sie die ganze Fußsohle bedecken! Er überlegt, ob er es wagen soll, sie aufzustechen. Aber er ist sich darüber im klaren, daß es zu einer Infektion in den Wunden kommen kann. Er wickelt die kaputten kleinen Füße vorsichtig ein und deckt den Jungen zu. Dann legt er sich hin und versucht, in genau abgemessenen Etappen zu schlafen, damit er fähig ist, sich zum Ofen zu schleppen und zu heizen. Das schafft er. Es ist eine Unterbrechung des eintönigen, schmerzlichen Wartens. Allmählich geht die Dämmerung in die Nacht über. Die Dunkelheit ist gut und schlecht zugleich. Er liegt auf dem Rücken, hört den Atem der beiden anderen und läßt die Minuten zu Stunden werden. Lauscht ab und zu angespannt. Schrammen da nicht Skier über den vereisten Schnee? Nein! Flugzeuggebrumm? Nein! Gegen Morgen wacht er davon auf, daß ein stürmischer Wind an der Hütte rüttelt. Er gelangt irgendwie zum Ofen. Es ist noch Glut darin. Er schaut durch das halbzugeschneite Fenster und ahnt das bleigraue Tageslicht. Dann denkt er an die Männer irgendwo draußen auf der Hochebene. Er sieht sie, wie sie sich durch den Wind vorwärtskämpfen. Gebeugt, in schlechter Kleidung. Er ahnt das Schlimmste. *Er* hat sie überredet zu gehen ...
Trotzdem ist er enttäuscht, als er vor der Hütte das Geräusch von Skiern und Stimmen vernimmt. Er weiß,

daß er sie zählen sollte und froh sein, wenn keiner erfroren ist. Aber er kann nur Enttäuschung empfinden, weil sie aufgeben mußten. Sie sind zurückgekommen, wollen auf besseres Wetter warten. Zurück zu dem Wassereimer und dem Speckkochen, solange es noch etwas zu kochen gibt. Die fremde Sprache erklingt aufs neue durch den Raum.

Die Hilfe ist nicht mehr in Reichweite. Andererseits sind sie nicht allein. Die Polen behalten trotz allem die gute Laune. Sie haben auch keine Schmerzen, gegen die sie ankämpfen müssen, wie die norwegische Familie.

Mittlerweile wissen sie nicht, ob die Frau noch Konzerte hört. Sie liegt meistens mit geschlossenen Augen da. Kein Wort des Erkennens, keine andere Bewegung als ein schwaches Zittern der Augenwimpern, das nur die wahrnehmen, die ihr nahe genug sind. Die Hände sind so wund, daß sie nichts anfassen kann.

Er zeigt den Männern seine Füße und die des Jungen. Sie meinen auch, daß man die Blasen nicht aufstechen sollte. Sagen mit Galgenhumor in gebrochenem Deutsch, daß man weiß, was man hat – nicht, was man bekommt. Er muß lächeln. Der unbeholfene Scherz scheint sie alle ein wenig aufzumuntern. Nur für einen Augenblick, aber trotzdem eine Erleichterung.

Es dampft aus den nassen Kleidern. Die Luft ist zum Schneiden. Acht Menschen in ihrer ganzen privaten Menschlichkeit. So ähnlich jetzt den Tieren. Aber mit ihren Gedanken, ihrer Hoffnung, ihren Träumen und ihren Violinkonzerten. Er nimmt an, daß der Wind am nächsten Tag abflaut, so daß die Polen doch noch Hilfe holen können. Er träumt nachts von einem Flugzeug.

Hört das Dröhnen des Motors, sieht den Schnee, der durch den Luftdruck aufgewirbelt wird. Er hat eine gute Nacht mit dem Traum. Und zwischendurch muß er das Feuer bewachen. Die anderen sollen Kräfte für den nächsten Kampf sammeln. Alle Männer glauben an den morgigen Tag.
Und tatsächlich flaut der Wind ab. Der nächste Morgen ist grau, aber schwach schimmernd von einem trotzigen Januarlicht. Die Frau wacht auf und sieht deutlich, daß es in der Hütte sehr schmutzig ist, daß rund um den Ofen Holzabfälle liegen und daß die Wand, dort wo sie die riesige Pfanne auf die Holzbank neben den Ofen zu setzen pflegen, mit Fett bespritzt ist. Sie sieht die verschlissene Bettwäsche und ihre eigenen schmutzigen Wunden. Sie wünscht, es wäre wieder dunkel. Sie schließt die Augen und läßt sich bei den allernötigsten Geschäften helfen, ist schwindelig und entkräftet. Weiß kaum, daß sie von starken Armen gestützt wird. Hört sie sagen, sie solle froh sein, daß sie keine Frostschäden an den Füßen habe, und denkt krampfhaft an diese Freude. Aber sie explodiert in dem hellen Tageslicht vor der Hütte. Es berührt die Frau peinlich, daß es eine Welt außerhalb gibt. Eine Wirklichkeit, so ganz anders als die stinkende, aber wohlige Hütte. Sie schaudert über sich selbst, als sie sich da draußen behilft. Will nichts sehen. Beeilt sich und will wieder hinein. Die Männer warten hinter der Ecke. Taktvoll. Sie bringen sie wieder zurück, und sie liegt unter der steifen, übelriechenden Decke. Es täte gut, zu weinen. Sie kann es nur nicht. Es hat auch keinen Sinn. Bald liegt sie still und apathisch da, um die Schmerzen nicht herauszufordern.

Dann sind sie allein, die drei. Die Männer sind gegangen, um einen neuen Versuch zu wagen. Der starke Wind hat sich gelegt. Aber es ist kalt. Die Kälte ist wie Rauch in die Hütte gesickert, als die Männer gingen. Jetzt ist alles still. Sie sind wieder dem Warten und der Ofenwärme überlassen.

Der Mann kocht Makkaroni und den ewigen Speck, und der Junge ißt ein wenig mit ihm zusammen. Sie reden auf eine sonderbar schweigsame Weise miteinander. Einsilbige Worte. Als hätten sie die Sprache verbraucht. Als hätte es keinen Sinn mehr zu reden. Der Mann nimmt es sehr genau damit, seine kleine Taschenuhr aufzuziehen. Immer wieder prüft er, ob die Feder aufgezogen ist. Als läge es an ihm und der Taschenuhr, daß die Wartezeit schneller vorübergeht. Fast immer ist die Uhr ganz aufgezogen. Der Mann versteht es nicht. Der Gedanke beunruhigt ihn, er könnte es nicht fertigbringen, Tage und Nächte zu zählen. Er entschließt sich, jede Nacht mit dem Taschenmesser ein Zeichen in den Tisch zu ritzen. Nach diesem Entschluß wird er ruhiger. Geht hinaus in den eiskalten Vorraum und sieht, daß nicht mehr viel Speck da ist. Und nur wenige Makkaroni. Die vorhandenen Lebensmittel reichen noch für eine Woche, falls die Polen nicht zurückkommen. Holz ist zum Glück genug da. Und noch schafft er es, sich das kleine, beschwerliche Stück bis zur Wasserrinne zu schleppen.

Als er nach der großen Anstrengung mit der Essenszubereitung und der Inspektion der Lebensmittel- und Holzvorräte eindöst, träumt er wieder von dem Flugzeug. Herrlich brüllender Motor. Aber es fliegt direkt in den Ofen und verschwindet in den Flammen. Er wacht schweißgebadet auf, ohne zu wissen, wo er ist. Er braucht jedoch nicht viel Zeit, um sich in die düstere Wirklichkeit zu versetzen. Er hat jetzt Schmerzen ganz oben in der rechten Wade. Er bleibt liegen, starrt in die Dunkelheit und tröstet sich für den Rest der Nacht mit den flackernden Schatten im Zugloch des Ofens. Wie einer, der über den Tod wacht. Ihm wird bewußt, daß es so ist. Die Frau jammert im Schlaf leise vor sich hin. Er hat keinen richtigen Kontakt mehr mit ihr, seitdem die Männer fort sind. Er muß sich für den Morgen etwas ausdenken. Ihnen allen dreien Mut machen. Das genügt. Denn Hilfe *wird* kommen. Er sieht die dunkle Silhouette des Tisches mitten im Raum. Dann denkt er den großen, wichtigen Gedanken, daß er am nächsten Morgen einen Strich mit dem Taschenmesser ziehen muß. Somit wäre dieser Teil der Wartezeit erledigt.

Am nächsten Tag ist es offensichtlich, daß der Junge Fieber hat und daß es ihm schlechter geht. Die schönen Worte, die er sagen wollte, um ihnen allen Mut zu machen, werden kraftlos. Trotzdem ritzt er einen Strich in die Tischplatte und trinkt Wasser.

Er ist allein mit den Menschen, die ihm am meisten bedeuten, aber er kann sie nicht erreichen. Beginnt er, die Hoffnung zu verlieren? War alles, was er tat und woran er einmal geglaubt hat, nur eine Luftspiegelung? Unwesentlich? Krieg! Was ist das? Einsame Menschen, die für etwas kämpfen, das sie Freiheit nennen. Um zu versuchen, das Gute zu beweisen? Trotz allem. Nun liegen sie hier, die er am meisten liebt, und verfaulen. Für seinen Kampf. Wofür? Lohnt es sich? Gibt es irgend etwas in der Welt, das diesen Einsatz wert ist?

Einen neuen Tag döst er sich durch die Stunden, ohne zu einer Lösung zu kommen oder imstande zu sein, sich das Ende genau vorzustellen. Natürlich sterben Menschen auf Grund verschiedener Umstände. Aber das hier? Nein! Das ist nicht gerecht. Er hält Gericht über alle unglücklichen Umstände, die ihn in die Lage gebracht haben, Frau und Kind in das Wartezimmer des Todes zu stoßen. Er weiß nicht, daß er wie ein Kind jammert. Nicht, bis der Junge ihn ruft. Will beruhigt werden und gebraucht das Wort, das für Stärke, Sicherheit und Gerechtigkeit steht. Das Wort, das durch Angst, Hunger, Schmerz und Tod trägt: »Vater!«
Und er nimmt sich zusammen und spricht mit dem Jungen. Kocht Makkaroni, während er auf einem Hocker neben dem Ofen sitzt und aufpaßt. Die Stimme krächzt kläglich, als er versucht, ein Gespräch mit dem Jungen zu führen. Und immer wieder prüft er, ob er daran gedacht hat, die Uhr aufzuziehen.
Ihre Frostschäden bestehen nicht nur aus Wasserblasen, sie sind allmählich entzündete, offene Wunden. Das Gesicht der Frau ist ganz entstellt. Dunkelblaue Nase. Ihn schaudert, wenn er sie ansieht. Es ist furchtbar. Das lange blonde Haar ist seit einer Woche nicht mehr gekämmt worden und liegt verfilzt auf dem schmutzigen Kissen. Und ihre Daumen haben auch diese grauenhafte Farbe. Außerdem hat sie einen Streifen vom linken Daumen bis in den Arm hinauf. Er weiß nicht, worauf er noch hoffen soll. Vermag sie kaum anzusehen. Alpträume und Schuldgefühle plagen ihn so sehr, daß er nachts nicht zu schlafen wagt. Er zieht die Schmerzen in den Füßen und die schwarzen Gedanken den Alpträumen vor. Er wacht

in Schweiß gebadet auf und hat im Traum seine letzten Kräfte und Hoffnungen aufgebraucht. Die Hütte wird zum Symbol für den Fluch, hier liegen und warten zu müssen, gleichzeitig ist sie aber der einzig warme und sichere Platz auf der Erde. Er bringt es nicht fertig, einen Entschluß zu fassen. Gleitet durch Tage und Nächte wie ein Schatten.

Es ist fast nichts mehr zu essen da, und er hat sechs Striche in die Tischplatte geritzt, aber er weiß nicht genau, ob er am heutigen Morgen etwa zwei Striche gemacht hat, denn er mußte sehr zeitig aufstehen und heizen und ist dann wieder eingedöst. Deshalb kann er sich nicht erinnern – ob er vorher einen Strich gemacht hat oder nicht. Aber die Uhr zieht er ständig auf. Sie ist seine trotzige Verbindung mit der lebendigen Welt.

»Wir müssen versuchen zu gehen«, sagt er vor sich hin.
Er bekommt jedoch keine Antwort. Es knistert nicht einmal im Ofen. Ruhig jetzt, nur ruhig, denkt er und schwingt die Füße über die Bettkante, um zu probieren, ob sie noch ihren Dienst tun, damit er im Ofen nachlegen kann. Er empfindet die Schmerzen nicht mehr so intensiv, wenn er sich ruhig verhält. Aber der rechte Fuß versagt, er muß sich auf Hocker, Bett und Tisch stützen. Macht ein kleines Hindernisrennen zum Ofen und weiter bis zur Tür. Er schiebt den Gedanken, was geschehen würde, wenn er nicht mehr bis zum Ofen und draußen bis zum Holzstall kriechen könnte, von sich. Die Kälte. Ein lauernder Teufel, der im Traum immer auf der Bettkante sitzt und wie ein Geier darauf wartet, das, was von ihnen übrigbleibt, an sich zu reißen. Er weiß selbst, daß es ein Trugschluß ist, zu glauben, alles sei gut, wenn

die Schmerzen nachlassen. Denn es riecht bereits. Wundbrand!
Die Männer können nicht Bescheid gesagt haben. Das Flugzeug hätte längst da sein müssen. Das Wetter war an den beiden letzten Tagen gut. Klar und ziemlich windstill. Diese Erkenntnis läßt ihn sagen: »Wir müssen versuchen zu gehen.«
Er wird von zwei Kräften zermürbt. Von der Anstrengung, auszuhalten – und von der Sehnsucht, aufzugeben, sich einfach auslöschen zu lassen. Sein Blick ruht auf den zwei geliebten Menschen unter den schmutzigen Decken.
Er schleppt sich zum Ofen und bringt das Feuer wieder in Gang.
Es ist, als ob dem Raum plötzlich Kräfte zufließen. Die Frau schlägt die Augen auf und versucht, sich im Bett aufzurichten. Sie liegen mit dem Kopf zueinander, er und sie. Er sieht, daß sie versucht, den Oberkörper aufzurichten, ohne die Hände zu Hilfe zu nehmen. Der bläuliche Streifen an der Innenseite des Armes wird deutlicher. Er greift nach dem Pullover des Jungen, den er als Kopfkissen benutzt, und hüllt ihre Hände darin ein. Vorsichtig. Dann reicht er ihr den Wasserkrug. Sie trinkt mit langen, gierigen Schlucken, die teilweise danebenlaufen und im Bett landen. Sie lächelt ihn an. Die wunden Lippen bekommen Risse bei der kleinen Bewegung. Er lächelt zurück. Das kann er auch – wenn sie es kann.
»Heute kommt das Flugzeug«, sagt sie voller Überzeugung.
Er starrt sie an.

»Ich weiß, daß es kommt«, fügt sie hinzu und läßt sich ins Bett zurückfallen.
Er hat sich daran gewöhnt, daß sie phantasiert. Er hat gemerkt, daß sie in den letzten beiden Tagen in ihrer eigenen Welt gelebt hat. Aber sie sieht jetzt klar aus. Das Weiße in den Augen ist gelb und gebrochen, die Pupillen sind jedoch in Ordnung. Sie wendet den Kopf und sieht ihm in die Augen. Eine Welle von Mut und Hoffnung durchströmt den Mann.
Der Raum hat noch keine Farbe bekommen. Es ist die Zeit der frühen Morgendämmerung. Aber die Uhr lebt – tickt und geht, und die Frau hat gelächelt. Ihr Kopf liegt nur ein paar Zentimeter von seinem entfernt. Ein brüchiges Holzbrett zwischen ihnen. Ihre Stimme ist klar und hell. Wie zu Hause in Vika. Als säßen sie beide in der Küche und sie hätte gerade Brotteig geschlagen. Plötzlich und ohne Grund erinnert er sich daran, wie sie mit ihrer Lebensmittelzuteilung geizte, um genug Mehl für die Brote zu haben, die er den in Deckung liegenden Funkern mitnehmen sollte. Sie ging zur Zuteilungsstelle und bettelte um weitere Marken, er wußte es wohl. Immer brachte sie es fertig, das Mehl zu strecken. Immer machte sie sich selbst Vorwürfe, weil das Brot innen so feucht war – auch wenn es an dem schlechten Mehl lag. Sie packte Lebensmittel in seinen Rucksack, ohne zu fragen oder zu klagen. Sie versteckte die Funker Tag und Nacht auf dem Dachboden, falls es während ihres Aufenthaltes in Lødingen nötig war. Er wußte, was für eine enorme Belastung es für sie war, daß nicht einmal ihre Eltern, mit denen sie in einem Haus wohnten, etwas von der Existenz der zwei Männer, die illegal auf

dem Dachboden arbeiteten, wissen durften. Der Strombegrenzer, der den Strom abschaltete, wenn die Funker auf Sendung gingen, während die Schwiegermutter gerade Strom brauchte. Das Schimpfen über den Stromverbrauch, wobei immer *sie* beschuldigt wurde. Die Deutschen, die vor dem Munitionskeller Wache standen, während der Sender in Betrieb war. Dünne Wände. Viele Augen und Ohren. Die Nerven bis zum Zerreißen gespannt. Die Art, wie sie das alles auf sich nahm. Herrgott! Mußte er hier liegen, damit es ihm überhaupt klar wurde, was für eine phantastische Arbeit sie geleistet hatte! Er weiß, daß sie direkt in das Deutschennest ging und ihnen die Meinung sagte, weil sie eine Malerarbeit nicht bezahlen wollten, die er ausgeführt hatte. Als sie mit dem Jungen zu den Lofoten flüchten mußte, suchte sie die Widerstandskämpfer auf, die sich auf dem Dachboden der Familie Erikstad versteckt hielten, und bat um 400 Kronen, damit sie sich in Sicherheit bringen konnte. Die Gefahr war groß, daß ihre Zugehörigkeit herauskam. Ihre Kenntnis von so vielem. Er erinnert sich an ihre Abneigung, über das Gebirge zu gehen ... Mein Gott! Jetzt liegt sie hier. Die schwarze mißgestaltete Nase. Der Streifen am Arm: Blutvergiftung. Die Blutungen.

Er möchte ihr gern den Respekt und die Liebe zeigen, die er empfindet. Das Vaterland wird zu einer Nebensache. Krieg und Ehre sind plötzlich ein Spiel, das er vor langer Zeit gespielt hat. Und trotzdem weiß er, daß er wieder genauso handeln würde, wenn er aufs neue die Wahl hätte. Das ist beinahe das Schlimmste.

Er hat keine Sulfatabletten mehr. Der Brand kann sich weiter ausbreiten, soviel er will. Die Blutvergiftung auch.

Die Träume kommen zu ihm. Die Alpträume. Wieder. Er ist von den Deutschen gefangengenommen worden und soll hingerichtet werden. Erschossen werden. Er hat es lange befürchtet. Trotzdem will er es nicht glauben. Und der Traum wird zur aussichtslosen, grellen Wirklichkeit. Zuerst die wahnsinnige Angst. Dann die einsame Leere. Die Resignation. Zum Schluß ist da nur noch eine kalte Ruhe. Er hört die Lederstiefel auf dem Kies knirschen. Dann kommt eine Stimme von überall her. Krächzend, als käme sie aus dem Radio, das er in Vika auf dem Dachboden versteckt hatte.
»Der Gefangene soll am Leben bleiben, wenn er Holz herbeiholt und ein Feuer mitten auf dem Platz anzündet«, schreit die Stimme.
Sie stehen dicht um ihn herum. Alle Lederstiefel lachen und knarren aneinander. Sie haben verzerrte Gesichter auf dem Schaft der Lederstiefel. Aus den Ohren kommen Arme, die Gewehre halten. Sie stoßen ihn mit den Gewehrkolben und treten ihn. Er weiß, daß er es schaffen kann, Feuer zu machen. Die Holzscheite liegen überall verstreut auf dem Platz. Es eilt. Er will aufstehen. Da entdeckt er, daß er keine Beine hat. Über ihm dröhnt es vor Lachen. Ein metallisches, höhnisches Geräusch. Dann hört er den Schuß drinnen in seinem Kopf.
Er wacht auf und wischt sich den Schweiß ab. Stellt ohne Freude fest, daß es nur ein Traum war. Nur die Vertagung eines schlimmeren Endes. Ein Rauschen in seinem Kopf schaltet die Gedanken aus. Wirkt wie eine Wunde, die er nicht los wird. Die Frau ist wach und bittet um Wasser. Der Junge wacht auch auf. Der Mann weiß nicht, wie er bis zu dem Wasserloch kommen soll. Er schluckt die

Flüche hinunter und zwängt sich in den ersten Schuh. Die Füße kleben an den Socken, da die Blasen aufgegangen sind. Er verschiebt die Strapaze, sich den zweiten Schuh anzuziehen, indem er den Ofen gut einheizt. Er weiß, daß der Gang zum Wasserloch seine Zeit braucht, und das Feuer soll inzwischen nicht ausgehen. Am liebsten wäre er im Bett liegengeblieben, ohne sich um etwas zu kümmern. Aber die Tatsache, daß die anderen aufwachen, verpflichtet ihn zum Durchhalten. Sie sollen nicht sehen, daß er aufgibt. Durch das Ohrensausen dringt ihre Stimme zu ihm. Froh und klar:
»Da kommt es! Das Flugzeug. Hör doch!«
Einige Sekunden explodiert sein Gehirn rund um dieses eine: Flugzeuggebrumm. Er strengt sich aufs äußerste an, um zu bestätigen, was er bereits gehört hat. Jetzt dröhnt es direkt über ihnen!
»Beeil dich! Wink ihnen! Lieber Gott, mach, daß sie uns sehen!«
Er kriecht auf allen vieren zur Tür und zieht sich am Riegel hoch. Das Tageslicht schlägt ihm wie eine Wand entgegen. Er kann zunächst nichts sehen. Dann wirft er sich hinaus in den Schnee, kriecht herum und winkt wie ein Verrückter mit dem blauen Pullover des Jungen, den sie ihm gereicht hatte, als er zur Tür kroch.

7

Die Junkermaschine ist ein kleines schwarzes Kreuz in einer weißen Schneewelt. Sie kommt mit dem Tag. Mit dem Leben. Es ist so unglaublich, daß der Mann sie als eine Luftspiegelung himmlischen Ursprungs ansieht. Er schluchzt und kriecht, so schnell er kann, hinaus in das Weiß und die Kälte und winkt mit einem Arm, während er sich auf den anderen stützt. Ein kriechendes Wesen, das noch nicht zu glauben wagt. Der eine Fuß ist nackt, er zieht ihn im Schnee nach, blauschwarz und leblos. Er hat es nicht geschafft, Strumpf und Schuh darüberzuziehen. Das Flugzeug dreht eine große Runde nach Süden, aber kommt zurück. Wirbelt den Schnee hoch, als es dröhnend mit seinen Skiern aufsetzt.
Dann sind sie da! Die Flieger! An einem gesegneten Januarnachmittag des Jahres 1945. Die drei in der Hütte sind zufällig von einem Flugzeug entdeckt worden, das bei dem schönen Wetter nach beendetem Auftrag noch eine Extratour über dem Gebirge flog. Der Mann hinter dem Steuerknüppel, Gösta Iverson, ist Flieger beim schwedischen zivilen Bevölkerungsschutz. Der Mechaniker heißt Sten Knutson. Gesandt von einem allmächtigen Schicksal? Gesandt von dem zufälli-

gen Gedanken, an einem schönen Tag die Aussicht zu genießen?

Der Gegensatz zwischen den Ankömmlingen und der norwegischen Familie ist groß. Menschen, die jeden Tag ohne Schmerzen essen und schlafen und sich waschen und zur Arbeit gehen. Und die drei, die zwei Tage und Nächte über das Gebirge gegangen sind und elf Tage und Nächte mit ihrem frostgeschädigten Körper bei Läusen und Bratendunst, in Fieberphantasien und Angst gelegen haben. Welch ungleiche Welten!

Man zieht ihr eine große Männermütze über das üppige, blonde Haar, das in Klumpen um den Kopf liegt. Es macht nichts. Das Flugzeug ist gekommen! Sie ist jetzt bei vollem Bewußtsein. Sieht zu, wie die Männer sie in Decken einhüllen. Begreift es noch nicht ganz, daß sie tatsächlich entdeckt worden sind. Sie kann es nur feststellen. Sie vermag die Gedanken nicht in Worte zu fassen. Schaut mit großen, matten Augen zu und läßt die Männer vom Zivilschutz alles regeln. Sie liest das eine oder andere in ihren Blicken. Mitleid, Entsetzen, Entschlossenheit. Die Bewegungen sind schnell. Auch das ist ein Gegensatz zu der täglichen Routine in der Hütte – der Langsamkeit, der Resignation, die manchmal ihren Höhepunkt darin fanden, daß sie den Blick von der Wand auf den Ofen richtete – oder von dem Guckloch im Fenster auf den Mann und den Jungen – und nicht wußte, ob der Tag noch einen anderen Zweck hatte, als die Läuse und die Schmerzen zu vergessen.

Der Mann hat ihr den Arm, der besonders geschädigt ist, eingewickelt. In eine alte Wollhose. Sie ist froh, daß sie in den Decken liegt, so daß der schlimmste Gestank zugedeckt ist. Trotzdem nimmt sie ihn wahr. Sie sieht nur die Konturen der Bewegungen der Männer. Bringt es nicht fertig, den Blick auf etwas zu fixieren. Auf dem Weg zum Flugzeug hat sie das Gefühl, daß sie durch eine Ewigkeit von gleißendem Licht gehen. Als wollte das ganze Universum Wunden und Gestank und Erniedrigung enthüllen. Und trotzdem betrifft es sie nicht. Es ist etwas, das neben ihr geschieht. Die Männer sind stark und tragen sie beinahe zwischen sich. Sie ist die erste, um die sie sich kümmern.

Der Junge hat bei alledem große Augen bekommen. Nach dem Fieber und dem Zwangsaufenthalt in der Hütte hat er plötzlich die Welt entdeckt. Er redet mit dem Mann, der ihn trägt. Voller Vertrauen. Als hätte er sein ganzes Leben auf diesen Augenblick gewartet.

»Sind da Kinder, wo wir hinkommen?« hört sie ihn fragen, als er in das Flugzeug gebracht wird. »Ein paar, mit denen man spielen kann?«

Da gleitet die Decke von ihm ab, und die Erwachsenen sehen in dem grellen Licht vom Fenster die entsetzlichen schwarzen kleinen Füße. Die Blasen sind aufgegangen, und der Eiter hat in den Wunden Klumpen gebildet. Sie will den Jungen berühren, aber erreicht ihn nicht. Die Freude verschwindet in einer Lawine der Verzweiflung. Sie sieht, daß die Flieger Blicke wechseln, dann ziehen sie vorsichtig die Decke über den Jungen und antworten auf seine Fragen. Die Erwachsenen wissen, daß es lange dauern wird, bis der kleine Kerl beim Spielen wieder herumlaufen kann. Aber sie erwähnen es nicht. Er fragt nach allem, was er in dem Flugzeug sieht, und die Männer antworten, während sie es da drinnen so einrichten, daß alle Platz haben.

Der Mann sitzt neben ihr auf dem schmalen Sitz. Sie sieht das schmutzige, bärtige Gesicht. Bläulichweiß und mitgenommen. Sie macht eine Bewegung mit der Hand. Stumm.

Es stellt sich heraus, daß sie zu schwer sind, um abzuheben. Das Flugzeug will sich nicht aus der Schneewehe lösen, in der es steckt. Sie hat das Gefühl, daß sie in der Einöde bleiben müssen. Daß die Rettung nie gelingen wird. Aber der Maschinist springt heraus und nach einigem energischen Rütteln an den Flügeln bewegt sich die Maschine, und er steigt wieder ein. Ein Durchschnittstarzan, unterwegs, um halberfrorene Norweger, die vor den Deutschen geflohen sind, zu retten. Der Junge stellt fest, daß der Kopf des Mannes dampft, als er die Mütze abnimmt und sich in das Flugzeug quetscht. Dann atmet er vor Anstrengung tief durch und nimmt den Jungen auf den Schoß, damit es mehr Platz gibt.

»Ich bin Onkel Knutson«, sagt er und zieht den Jungen an den Haaren.

Dann sind sie in der Luft! Sehen den aufgewirbelten Schnee da unten verschwinden. Die Sitashütte bleibt mit einer dünnen Rauchfahne in dem weißen Alptraum einsam zurück. Sie dröhnen durch die Luft auf dem Weg zur Zivilisation. Das heißt zum Leben und zum Lazarett in Kiruna.

Die dünne Rauchsäule hatte die Neugier der Flieger geweckt. Das unermüdliche Heizen des Mannes. Wie nahe waren sie dem Ende gewesen? Vielleicht hätte er den Ozean zwischen Bett und Ofen nicht mehr bewäl-

tigt. Sie spürt, daß das Flugzeuggebrumm und das Rütteln der Motoren sich wie ein schläfriges Wohlbehagen im ganzen Körper ausbreiten. Spürt, daß sie in einer beschützenden Schale sitzt und daß nichts anderes zählt.
Die Flieger rufen das Feldlazarett in Kiruna. Dort werden die Türen offen sein.
Die Männer fragen nicht, warum sie nach Schweden gekommen sind. Sie haben sich daran gewöhnt, lieber nicht zu fragen. Nur Leben retten und Erste Hilfe leisten. Das ist das beste für alle Beteiligten.
Sie haben sich auch daran gewöhnt, nicht zuviel Mitleid zu zeigen. Optimismus und Humor sind hilfreicher als Blicke, die verraten, daß ein erfrorenes Gesicht mit einer dunkelblauen Nase ein herzergreifender Anblick ist. Die Männer verbreiten Ruhe und gute Laune. Sie reden über unverfängliche praktische Dinge. Das Tageslicht dringt zu ihnen herein. Entschleiert alles. Aber sie nehmen es hin. Der Mensch hat die Fähigkeit, dazusein und sich trotzdem außerhalb seiner selbst zu stellen.
Sie schaut nicht auf ihre Hände, sondern heftet den Blick auf den Rücken des Mannes am Steuerknüppel. Sieht ihn als eine beruhigende Masse gegen das grelle weiße Licht von dem Flugzeugfenster. Wölkchen fliegen vorbei und zaubern eine Landschaft, die sie aus den Träumen kennt. Vereinen sich mit der Schinderei auf dem Sitasjaure und der Patrouille auf dem Bergrücken. Aber sie haben eine Leichtigkeit, die emporhebt und vorantreibt. Entbinden. Sie hat das Gefühl, als hätte sie sich wochenlang mit einer Geburt herumgequält. Spürt die Erleichterung, es überstanden zu haben. Der Flug wird zu einem Symbol für

Freiheit und Erlösung. Sie kann sich zurücklehnen und umsorgt werden.

Der Flug dauert eine Stunde. Der Pilot bekommt Kontakt mit dem Boden und meldet die Landung. Sie haben Probleme mit dem Heruntergehen, weil der Wind zugenommen hat, aber endlich klappt es. Sie fühlt sich hilflos und übel, als die Maschine ein Spielball der Windböen wird. Sie merkt es jedoch den Männern an, daß keine Gefahr droht.

Dann setzt das Flugzeug auf. Macht noch einen Ruck, als der Motor abgestellt wird. Es wird beängstigend ruhig. Aus dem Schneegestöber tauchen Menschen auf, um ihnen zu helfen. Während Onkel Knutson den Jungen hinausträgt, kommt ein dicker, lächelnder Mann angerannt. Er steckt dem Jungen ein großes Stück Schokolade in den Mund, als wollte er eine junge Drossel im Flug füttern. Alle lachen und reden. Die Sprache klingt wie Musik. Die Schokolade schmilzt im Mund und gibt ein merkwürdig sicheres Gefühl. Der Junge hätte am liebsten laut gelacht.

Sie bekommt einen Anfall von Scham und Ohnmacht, als man sie ausziehen will, um sie zu untersuchen. Es ist auf einmal zuviel. Sie nimmt ihren eigenen unerträglichen Gestank wahr. Schweiß, Tränen, Blut, Eiter. Plötzlich sieht sie sich mit den Augen der anderen, riecht sich mit deren Nasen. Die Schwester, die ihr helfen soll, ist geduldig. Sie steht in ihrer frisch gebügelten Schwesterntracht da und versucht, unbeeindruckt auszusehen. Sie hat in ihrem Leben sicher schon viel gesehen und gerochen. Trotzdem empfindet die Frau es wie einen Hohn. Denn niemand wird verstehen, wie es dazu kommen konnte. Niemand, der es nicht selbst durchlebt und durchlitten hat, wird es jemals fassen. Es erscheint eine zweite Schwester, die ihr die Pelzmütze abnehmen will. Da wird die Frau wütend. Eine Wut, für die es keinen vernünftigen Grund gibt. Sie hat kaum die Kraft, sich aufrecht zu halten, und dennoch rast es in ihr. Die jüngere Schwester betrachtet sie mit einer Mischung aus Mitgefühl und Neugier. Will ihr von neuem die Mütze abnehmen. Sie weigert sich wie ein trotziges Kind. Schließlich gibt das junge Mädchen auf, steht nur da und kichert. Die ältere, die ihr den Rücken zugewandt hat, dreht sich plötzlich um und macht eine beißende Bemerkung, was es da zu lachen gebe und wofür man sich das Lachen besser aufheben solle. Sie scheint zu verstehen, wie dem Flüchtling zumute ist. Die Junge zieht sich beschämt zurück, und die Frau sinkt mit ihrem schmutzigen, verlausten und entkräfteten Körper auf das weiße Laken und läßt den Tränen freien Lauf. Die Dämme brechen einer nach dem anderen, während die Schwester sie auszieht. Langsam verschwindet das beschämende Bild, das sie von sich selbst hat. Weicht dem Wasser und der Seife, der Fürsorge und dem Verbandszeug.

Die Schwestern versuchen, das dichte, verfilzte Haar in Ordnung zu bringen. Wollen es einigermaßen sauber bekommen. Nehmen den feinzahnigen Kamm, den sie benutzen, um Läuse zu finden. Aber damit kommen sie nicht durch den Filz von zwei Wochen. Sie beißt die Zähne zusammen, aber die Tränen fließen, je mehr sie ziehen. Sie jammert schließlich, daß sie keine Läuse habe, absolut keine Läuse habe. Benimmt sich wie ein kleines Kind und bittet sie zu guter Letzt, ihr die Haare

abzuschneiden. Da geben sie es auf. Läuse finden sie nicht. Aber sie sieht die dicke, fette Laus vor sich, die im Ofen der Sitashütte landete. Die plagt sie immer noch. Auch wenn sie bei ihr keine Läuse finden, so finden sie welche bei dem Mann und dem Jungen. In einem schwedischen Lazarett ist es jedoch nicht so erniedrigend, Läuse zu haben, wie zu Hause in Vika. Jeder Fund wird an einem Ort, der die norwegischen Flüchtlinge aufnimmt, zur Routine, scherzen sie.
Später erinnert sie sich an das große schneeweiße Bett. Ihr Körper wird so leicht. Er schwebt über dem Laken. Sie ist immer schlank gewesen, aber jetzt ist sie nur noch Haut und Knochen. Sie hat nicht gewußt, daß man in so kurzer Zeit so viel abnehmen kann. Sie schaut hinüber zu den beiden anderen. Sie liegen im gleichen Zimmer. Sie wirken so fremd. Sauber. Der Junge ist blaß, aber er redet, und er schaut aus wie ein kluger, alter Mann. Gelegentlich lächelt er glücklich vor sich hin. Erwähnt nicht, daß er Schmerzen hat.
Die hohen Krankenhausfenster lassen die Januardämmerung in das Zimmer hinein. Die Geräusche vom Korridor dringen zu ihnen. Sie sind zum Leben zurückgekehrt. Indessen nicht ohne Einschränkung. Sie bewegt die Hände möglichst wenig.
Auch das Wohlbefinden und die Freude, frisch gewaschen in einem sauberen Bett zu liegen, ohne daran denken zu müssen, wie sie überleben soll, können den ständigen Schmerz nicht wegnehmen. Das Gefühl, daß jemand Haut und Fleisch von den Knochen reißt und durch eine Mühle dreht. Am schlimmsten ist es mit dem linken Arm. Sie hatten von Blutvergiftung gesprochen,

als sie sie verarzteten. Sie scheint erst jetzt wieder so lebendig zu sein, daß sie es in der ganzen Tragweite erfassen kann. Sie fühlt auch die Schmerzen des Jungen. Sie wacht über ihn, versucht beruhigend auf ihn einzureden. Fragt sich, wie es ihm in der Zeit ergangen ist, als sie in ihrem nutzlosen, apathischen Dämmerzustand in der Hütte lag. Und Visionen und Vorwürfe überfallen sie, so daß die Tränen wieder laufen. Sie kann sie einfach nicht zurückhalten. Der Abwehrmechanismus ist völlig zusammengebrochen, mit Schmutz und Schweiß weggespült worden.
Es wird etwas zu essen hereingebracht. Sie machen alle drei große Augen. Als hätten sie noch nie Essen gesehen. Sie haben zu Hause wirklich nicht gehungert, auch wenn es mit der Ernährung oft dürftig war. Aber verglichen mit dem hier, waren es nur abgepittelte Reste. Helles und dunkles Brot, alle Sorten Knäckebrot, Wurst und Marmelade verschwimmen vor ihren Blicken. Eine große Anstaltskanne mit frischer Milch. Der Junge wundert sich, daß sie Milch in einer Waschwasserkanne servieren. Und die anderen lachen. Sie nimmt das alles in sich auf. Daß die Leute lachen und sauber und gesund herumlaufen. Daß das Essen auf Platten angerichtet ist. Aber sie kann nichts essen. Nach so vielen Tagen ohne Nahrung spürt sie, wie der ganze Körper sich dagegen wehrt, daß sie etwas ißt. Der Bauch ist aufgedunsen und hat seine Funktion verloren. Sie trinkt die wohltuende Milch, ist restlos satt und bekommt Blähungen. Erst jetzt geht ihr auf, daß sie während der Zeit in der Hütte keine Verdauung hatte. Sie erschrickt bei dem Gedanken. Hat das Gefühl, daß sie jeden Augenblick platzen könnte. Sie

muß sich übergeben. Es geht so schnell. Danach liegt sie ganz ruhig, muß sich wieder fassen. Sieht zu, wie die anderen essen. Vorsichtig. Als wäre jeder Bissen ein kostbares Geschenk. Man hat ihnen gesagt, daß sie langsam essen und kauen sollen. Aber die beiden haben ja trotz allem Makkaroni, Knäckebrot und salzigen Speck in den letzten Tagen gegessen. Sie kann sich nicht erinnern, etwas anderes als Wasser zu sich genommen zu haben.

Eine Schwester kommt herein und will sie zum Essen nötigen, da muß sie erklären, so gut sie kann, daß alles wieder hochkommt, weil sie so lange nichts Richtiges gegessen hat. Die Schwester lenkt ein.

Später gibt es Fleischklöße. Kartoffeln. Das Wasser läuft ihr im Mund zusammen, aber sie wagt nicht zu essen. Vermag nicht noch mehr Erbrechen und Magenschmerzen zu ertragen. Hat genug mit dem Zustand zu tun, wie er ist. Sie trinkt Milch und döst ein. Träumt, daß sie auf ihrem schneeweißen Krankenhausbett Ski läuft. Das Bett weitet sich zu einer endlosen Schneefläche. Sie müht sich ab und will sich auf den Beinen halten. Aber vor ihr ist ein großes Feuer, und sie hält die Hände dicht an die Flammen, um sich zu wärmen. Da fangen sie Feuer. Sie glühen. Brennen lichterloh. Sie spürt den Schmerz so intensiv, daß sie aufwacht. Muß laut gejammert haben, denn der Mann sitzt in seinem Bett und sieht sie an.

Am nächsten Tag geht die Reise weiter nach Gällivare. Ins Krankenhaus. Zu neuen Untersuchungen. Sie witzeln untereinander, daß das Krankenhaus wahrscheinlich in-

formiert wurde, daß sie schon entlaust sind. Es wird jedenfalls nicht nach solchem Getier gesucht. Aber ihre Haare sind eine ständige Plage. Keiner hat das Herz, sie abzuschneiden. Jeden Tag lassen sie sich ein bißchen besser durchkämmen. Schließlich flechten sie zwei dicke Zöpfe. Danach sitzt sie im Bett mit ihren blonden norwegischen Solveig-Zöpfen und der dunkelblauen Nase. Das lange Krankenhausnachthemd reicht ihr bis zu den Knöcheln. *Sie* kann gehen. Die beiden anderen müssen im Bett bleiben. Es gelingt ihr sogar, über ihre einzigartige blaue Nase zu scherzen. Marschiert in den Flur hinaus und macht sich bekannt. Allmählich begreift sie, daß sie eigentlich nicht mehr am Leben sein sollte. Was bedeutet da schon eine Nase? Sie bekommt verschiedenes draußen im Korridor mit. Menschen, die schlimmer dran sind als sie und mehr Schmerzen haben. Das gnadenlose Gesetz der Relativität empfindet sie als einen Trost. Es gibt immer jemanden, dem es schlechter geht. Sie amputieren die beiden Daumen und zwei Zehen. Eine Bagatelle im Vergleich zu vielem, was sie um sich herum sieht. Der Arzt war hereingekommen und hatte sich auf die Bettkante gesetzt.
»Der da muß abgenommen werden«, hatte er mit gemütlicher Stimme gesagt und ihre Hand umfaßt. »Wir nehmen ihn gleichzeitig mit dem anderen Daumen und den beiden Zehen, die nichts mehr taugen, ab.«
Damit war es entschieden. Alle Fingerkuppen waren blau. Sie sollte froh sein, daß sie nur die Daumen amputierten.
Die Nase lassen sie vorläufig in Ruhe. Wollen abwarten, wie es sich entwickelt. Als der Arzt meint, mit der Nase

habe es noch Zeit, hört sie kaum seine Worte, sie sieht ihm nur ins Gesicht. Ist es Mitleid, was sie sieht?
Der Mann legt ein Bein und einen halben Fuß in die schwedische Erde. Er läßt es sich nicht anmerken, daß es eine Katastrophe für ihn bedeutet, er behält seine Gedanken für sich. Er ist hart im Nehmen, soweit es seine eigenen Leiden und Sorgen betrifft. Aber *sie* erinnert sich an seine Tränen, als sie begriffen, daß der Junge beide Füße im Gebirge erfroren hatte.
Die Tage verlaufen eintönig und nach Plan. Sie wissen, daß allein die Zeit helfen kann. Nicht nur ihnen wurden Zehen und Gliedmaßen abgenommen. Manchmal sieht sie die Daumen vor sich, wenn sie auf die bandagierten Hände hinunterschaut. Sieht sie so, wie sie früher waren. Denkt an das Klavier zu Hause in Vika ... Die Anwandlung geht schnell vorüber. Das Bild der Daumen, wie sie kurz vor der Operation aussahen, kuriert alle nostalgischen Gedanken an Hände, die über Tasten gleiten. Die Blutvergiftung in dem einen Daumen ließ ihn sozusagen dahinsterben. Sie konnte ihn nicht länger behalten. Er war ein Fremdkörper. Mußte fort. War lebensbedrohend. Ja, der andere auch.
Dem Jungen müssen fast alle Zehen amputiert werden und ein Teil der Fußsohle. Sie malt sich aus, was der Junge durchmachen muß, während sie in den weichen grauen Filzpantoffeln, die sie vom Krankenhaus bekommen hat, herumschlendert. Beißt die Zähne zusammen und *will* an die Prognose des Arztes glauben, daß der Junge wieder laufen wird. Es wird nur seine Zeit dauern. Die Wundfläche muß heilen, und er muß einen neuen Gleichgewichtspunkt finden. Es wird schon alles gut wer-

den. Ab und zu schleicht sie sich davon, um allein zu sein. Hat keinen anderen Ort als die Toilette. Aber es sind viele dort.

Eines Morgens bekommt der Junge Bescheid, daß sie ihn operieren werden. Er hat gesehen, daß die Menschen, die aus dem Operationssaal herausgerollt werden, schlafen. Das ist das einzige, was er weiß. Ja, und dann bleiben sie liegen – lange. Die Männer von den Lofoten, die in den zwei angrenzenden Zimmern liegen, sind operiert worden. Einer nach dem anderen. Sie sehen aus, als ginge es ihnen einigermaßen gut. Der Junge sitzt im Bett und hört sich alles an, was der Arzt über die Operation sagt. Sie müssen ein wenig Haut von seinem Oberschenkel nehmen, um damit die Wunden zu flicken. Aber er wird nichts spüren. Das versprechen sie ihm. Mutter und Vater nicken auch. Da sitzt er nun und kann sich nirgendwo verkriechen, sondern muß ihnen glauben. Er kann nichts machen. Er fragt vorsichtig, ob es bei ihm so wird wie bei Hansen. Der liegt im Zimmer nebenan und ist gerade operiert worden. Der Junge hat mit seinem Bett einen Ausflug in den Korridor gemacht und mit ihm gesprochen, er kommt aus Henningsvær. Ein kräftiger Brocken mit einer tiefen Stimme und einem Aufblitzen in den Augen. Er scheint alles Elend unter der Decke zu verstecken. Er kennt viele Geschichten. Manchmal dröhnt es vor Lachen in Hansens Zimmer, so daß sie mitlachen müssen, auch wenn sie nicht wissen, worüber gelacht wird.

»Ich will Haut von Hansens Oberschenkel haben«, sagt der Junge bestimmt und schaut zu dem Arzt auf.

Aber nein. Die kann er nicht bekommen. Es muß seine

eigene Haut sein. Sie ist stark genug, meinen alle. Der Junge hat da seine Zweifel. Er denkt ganz praktisch, daß Hansen doch viel mehr Haut hat, von der man etwas wegnehmen kann. Mutter sitzt mit ihrer schwarzen Nase dabei und lächelt. Er kann es sich nicht mehr anders vorstellen, als daß Mutter immer eine schwarze Nase gehabt hat. Mutter erzählt dem Krankenhauspersonal, daß er heute Geburtstag hat und sechs Jahre alt wird. Das ist ein seltsames Geburtstagsgeschenk, auf dem Operationstisch liegen zu müssen.
Sie setzen die Operation aus. Einen Tag früher oder später spielt keine Rolle, meinen sie. So kommt er an diesem Tag mit dem Schrecken davon. Statt dessen gibt es Kuchen und Limonade und Geschenke. Die Schwestern erscheinen der Reihe nach, drücken ihn und legen ein Päckchen auf die Bettdecke. Der Junge packt sie ganz aufgeregt aus und hat so etwas noch nie gesehen. Buntstifte und Bilderbücher, Autos und Bauklötze. Als es Schlafenszeit ist, denkt er daran, daß er im Schlaf nichts kaputtmachen darf. Mutter entfernt die Sachen, umarmt ihn und sagt, daß sie auf alle Damen, die ihn in Beschlag genommen und ihm so schöne Sachen geschenkt haben, eifersüchtig ist. Dann bleibt sie noch eine Weile sitzen und flüstert ihm allerlei Wundersames ins Ohr.
Trotzdem träumt er nachts, er sei wieder in der Schneehöhle im Gebirge. Vater ist traurig, und der Wind heult. Er wacht auf und sieht den Lichtschimmer durch die hohen Krankenhausfenster und weiß, daß er schreckliche Angst hat. Auch wenn er Mutters Körper in dem Bett hinten an der Längswand wahrnimmt und Vater an der Wand neben der Tür – so scheint doch die Kälte irgend-

wo in den Ecken auf ihn zu lauern. Die Geschenke, die aufgestapelt neben dem Bett liegen, gehen ihn plötzlich nichts mehr an. Die Nacht ist entsetzlich dunkel.

Er weiß, daß er morgen operiert werden soll, denn da hat er keinen Geburtstag mehr. Und er denkt an die starken Arme von Hansen, der ihn einmal bis an die Decke hob, als sie sich auf dem Korridor trafen. Hansen hat kräftige, muskulöse Oberarme und kann wohl allerlei aushalten. Der Junge kann nicht verstehen, daß die Haut von Hansens Oberschenkeln oder Armen nicht gut für ihn sein soll. Schließlich schläft er doch noch ein.

Am Morgen denkt er wieder an Hansen. Nicht an seine starken Arme, sondern wie er frisch operiert auf einer Bahre aus dem Operationssaal gerollt wurde. Er hatte ein Holzstäbchen im Mund. Es stand senkrecht in die Luft. Das sah sonderbar und unheimlich aus. Er mußte Mutter fragen, warum sie ein Stäbchen in Hansens Mund gesteckt hatten. Sie erklärte ihm, daß sie es wegen der Narkose machten. Hansen »schlief«, und sie hatten Angst, daß er sich im Schlaf in die Zunge beißen würde. Er fand, daß es keine ausreichende Erklärung war, aber er fragte nicht weiter. Dann fing Hansen an zu rufen und mit den Händen zu fuchteln und von vielen schönen Frauen zu reden. Der Junge sah deutlich, daß Hansen nicht richtig schlief. Die Augen verdrehte. Es war beängstigend. Er faßte nach der Krankenschwester, die neben ihm ging, und redete eine Menge unzusammenhängendes Zeug. Alle lachten, und Mutter nahm ihn mit in ihr Zimmer und schloß die Tür. Aber sie lächelte und erzählte Vater von dem Vorfall. Der Junge überlegte, wieso Hansen nicht er selbst war, als er aus dem Operationssaal

kam. Warum er ihn überhaupt nicht angesehen hatte. Das ungute Gefühl wurde dadurch nicht besser, daß die Erwachsenen meinten, es sei alles in Ordnung. Er will kein Stäbchen im Mund haben, so daß sie ihn alle auslachen können. Er erinnert sich, daß es mehrere Tage gedauert hat, bis er zu glauben wagte, daß Hansen wieder er selber war. Aber allmählich vertraut er darauf, daß der Mann aus Henningsvær der alte ist, und er vergißt das Ganze. Bis heute.
An diesem Morgen ist Pfannkuchentag. Der Junge fängt an zu weinen, als der Pfannkuchengeruch sich im Zimmer ausbreitet und er nichts bekommt, weil er operiert werden soll. Mutter und Vater essen auch nichts.
Es liegt etwas in der Luft. Er wird böse, als sie ihn fragen, ob er Angst vor der Operation hat. Er hat solchen Hunger. Einen verdammten Hunger auf Pfannkuchen. Er glaubt, daß es nichts Schlimmeres in der Welt gibt als einen solchen Hunger. Deshalb weint er, schreit er.
Aus dem Lofotzimmer dröhnt es »Norge, mitt Norge«. Einer hat eine sehr schöne Stimme. Mutter lauscht. Sie kommt an sein Bett, setzt sich auf die Bettkante. Dann lauschen sie gemeinsam dem Gesang und warten darauf, daß die Schwester mit der Bahre kommt. Er schluchzt, dicht an die Mutter geschmiegt, und es zerreißt ihn fast. Trotzdem wird er damit fertig. Und als sie ihn zu der breiten Tür des Operationssaales rollen und Mutter die riesigen, turbanbekleideten Hände von seinem Kopf nimmt, ist der Pfannkuchengeruch fast verschwunden.

8

Das Zimmer ist nicht sehr groß. Aber es hat Platz für drei Betten. Gegenüber der Tür ist das Fenster. Sie hat sich schon längst an die Aussicht gewöhnt. Ein Wäldchen. Sie weiß, daß es sich verändern wird, wenn der Frühling kommt. Ein grünes Wäldchen? Die Zukunft? Glaubt sie daran?
Sie singen, und sie erzählen Geschichten. Sie machen witzige Bemerkungen über Blut und Schmerzen und verlorene Gliedmaßen. Aber sie sprechen nicht davon, daß sie am nächsten Tag gerne entlassen würden, um nach Hause zu fahren. Sie wissen nur zu gut, daß zu Hause ein Begriff ist, der nicht zählt. Er ist tabu. Am liebsten trügen sie ein Amulett um den Hals gegen Heimweh und dergleichen seelische Kümmernisse. Sie sprechen nicht davon, daß »zu Hause« morgen oder übermorgen Wirklichkeit wird. Sie haben zu essen, ein Bett und Sicherheit. Hier im Krankenhaus. Das ist es, was zählt. Familie, Freunde, ein Heim? Worte, die unsichtbar in jedem einzelnen brennen. Sehnsüchte, die nicht so robust sind, daß man sie in großen Sälen eines Krankenhauses offenbaren könnte, wo es um jeden Preis gilt, bei Laune zu bleiben. Man gewöhnt sich an eine gewisse

lockere Umgangsform. Ein Sei-fröhlich-Spiel, das die Sorgen abschöpft und alle zu einer Schicksalsgemeinschaft zusammenschweißt, die ihnen die Stärke zum Durchhalten verleiht. Und es gibt immer das eine oder andere, was die eigenen Sorgen und Schmerzen in den Schatten stellt.

Eines Tages bringen sie einen Finnen. Sein Rücken ist von Granatsplittern zerfetzt. Er ruft so laut nach seiner Mutter, daß man es in der ganzen Abteilung hört. In der ersten Nacht, in der er da ist, schläft niemand.

Der Junge begreift, daß dieser Bursche sicher operiert werden muß. Aber das Ganze scheint ihm zu unwirklich. Der erwachsene Mann, der so entsetzlich schreit.

Manchmal kommen ganz junge Burschen, um sich ein oder zwei Finger behandeln zu lassen, weil sie an gefundenen Granaten herumgebastelt haben. Ein andermal braucht man einen Paten, denn ein Kind wurde geboren und soll getauft werden. Vater stellt sich mehrfach zur Verfügung. Mit dem faltigen Pokergesicht ist er ein würdiger Zeuge vor Gott und den Menschen. Und die Kleinen heulen, als verständen sie voll und ganz, in was für einer Welt sie gelandet sind. Vater meint, sie sollten froh sein, daß sie in einem neutralen Land zur Welt gekommen sind.

Das Personal hat es immer eilig. Trotzdem halten sie gern ein Schwätzchen, wenn es geht. Die Patienten leben auf engstem Raum. Haben keine Geheimnisse außer denen, die sie im Kopf verbergen.

Falls jemand nachts Hilfe braucht und es nicht schafft, nach Hilfe zu klingeln, ist immer einer von den Patienten bereit, die Sache zu regeln. Der Finne liegt stän-

dig mit starken Schmerzen auf dem Bauch und kann sich nicht allein helfen. Die Flasche für die private Notdurft steht im Nachttisch. Aber eines Nachts ist es für den schwerverletzten Mann bis dahin zu weit. Ein junger Kerl, dem man eine Ferse abgenommen hat, liegt im Bett daneben. Er klingelt für den Finnen. Keiner kommt, und die Situation wird immer »brisanter«. Zu guter Letzt begreift der junge Bursche, daß der Finne unmöglich länger einhalten kann. Kurz entschlossen hüpft der Fersenlose aus dem Bett und kriecht zu dem Nachttisch des anderen. Kniend reicht er ihm die Flasche und hilft ihm.
Die Geschichte macht am nächsten Tag die Runde durch die ganze Abteilung. Ein Dienst am Nächsten kann in einem Krankenhaus vieles sein.
»Wie hast du es nur geschafft, die Schmerzen zu überwinden und aus dem Bett zu kommen?« fragte einer.
»Ich konnte den Mann doch nicht liegen lassen und zusehen, wie es ihn zerriß. Da sind vor mir schon ganz andere Leute auf dieser Welt zu Kreuze gekrochen!« war der Kommentar.
So ist es. Wer gesunde Hände hat, gebraucht sie – und wer in den Korridoren herumlaufen und Aufträge erledigen kann, tut es. Gemeinsam haben die Patienten einen unglaublichen Aktionsradius.
Sie hat noch die kleinen Dränageröhrchen an den Händen, welche die Operationswunden offen halten sollen, nachdem man ihr beide Daumen abgenommen hat. Jedesmal, wenn sie an die Röhrchen stößt, trifft sie der Schmerz wie ein Pfeil. Aber sie ist froh, daß es gemacht ist.

Der Arzt schaut ihre Nase an und murmelt, daß er noch Hoffnung habe, sie zu retten. Nachts hat sie schlimme Träume und sieht sich mit einem Loch im Gesicht herumlaufen. Aber sie schonen vorläufig die Nase. Sie blickt ungern in den Spiegel. Alle auf der Abteilung sind so an ihre »schwedischfarbige« Nase gewöhnt, daß sie aufgehört hat, sich zu genieren. Aber sie denkt daran, wie es sein wird, wenn sie einmal »heraus« kommt. Schiebt den Gedanken wieder von sich und weiß im Innersten, daß die Nase fort muß. Und wieviel davon? Sie behandeln die Nase mit Salbe. Aber sie sagen nicht, daß es besser wird. Das ist bestimmt ein schlechtes Zeichen. Denn wenn das Krankenhauspersonal mit etwas nicht spart, dann sind es Mitteilungen, daß es aufwärtsgeht. Dieser einfache Satz: Es geht gut! oder: Es geht aufwärts! ist eine Blume, die man geschenkt bekommt. Für einige ist der Zwischenraum zwischen *diesen* Blumen groß. Und für ihre Nase gibt es ungewöhnlich wenige Blumen.

Eines Tages kommt der Arzt und setzt sich zu ihr, und sie weiß, daß kein Weg daran vorbeiführt. Sie müssen die Nase am nächsten Tag abnehmen. Sie spürt Panik. Mehrere Sekunden lang. Der Arzt knufft sie in die Schulter, kann die bandagierten Hände mit den herausragenden Dränageröhrchen ja nicht anfassen. Er kann Gliedmaßen abschneiden und Wunden zusammennähen, er kann bis zu einem gewissen Grad trösten. Er hat sich eine Art angewöhnt, mit Männern irgendwie fertig zu werden. Aber hier, gegenüber einer Frau, ist er ratlos. Er versteht, welch ein Verlust ein abgeschnittenes Glied für einen Menschen bedeutet. Aber eine Nase? Unwesentlich – und Verlust eines Gesichtes zugleich.

»Wir machen es schön«, fügt er hinzu und legt den Arm um sie.

»Ja«, sagt sie nur.

Damit ist es entschieden. Am nächsten Tag soll es gemacht werden.

Nachts kommen die Alpträume wieder. Sie wacht auf und will nicht mehr schlafen. Liegt da und starrt dem Tageslicht entgegen. Aber sie muß trotzdem wieder eingeschlafen sein, denn plötzlich hört sie im Halbschlaf die Stimme des Jungen:

»Mutter, du hast sie verloren!«

Er wiederholt es mehrmals, bis die Erwachsenen wach sind und aufrecht im Bett sitzen. Der Mann und der Junge starren. Erst auf sie – dann auf einen Punkt auf dem Fußboden neben ihrem Bett. Dort liegt ihre dunkelblaue Nase! Sie ist abgefallen!

Sie hat nie an Wunder geglaubt. Jetzt schluchzt sie hysterisch zwischen Lachen und Weinen und muß einfach glauben. Und es stehen inzwischen viele »Gläubige« an ihrem Bett.

Das tote Gewebe hat einfach losgelassen und ihr die Operation erspart. Der kleine, noch vorhandene Stumpf ist nicht gerade dafür geeignet, daß sie bei einer Schönheitskonkurrenz mitmacht, aber er ist gesund und brauchbar. Sie wagt sich weder im Spiegel zu betrachten noch die abgefallene Nase anzufassen. Aber die Erleichterung ist enorm. Der Arzt sagt lächelnd, daß die neue Nase sicher eine Schönheit würde, wenn sie erst anfinge, eine neue Haut zu bilden. Daß sie etwas kürzer werde, damit müsse sie sich abfinden. Aber die alte sei für sie sowieso zu lang und zu spitz gewesen, scherzt er. Es

herrscht Hochstimmung auf der Abteilung. Das Gerücht von der Nase, die im letzten Moment abgefallen ist, verbreitet sich zwischen den Betten wie der Mythos von der jungfräulichen Geburt. Alle wollen das neue, gekürzte Wunder sehen. Der Tag wird zu Lachen, Kaffee und Gebäck. Sie bekommt Pfannkuchen zum Frühstück und schielt mit matter Dankbarkeit zu dem Operationssaal, wenn sie vorbeigeht.
Die kleine Familie hat ihre Situation soweit geklärt. Sie müssen sich einfach in Geduld fassen für das, was ihnen noch bevorsteht. Der Heilungsprozeß braucht seine Zeit. Der Junge und die Frau müssen ordentliche, feste Schuhe haben. Der Mann braucht eine provisorische Prothese und muß lernen, damit zu gehen. Sie finden sich mit ihrem neuen Leben ab. In gewisser Weise hilft ihnen der Anblick derer, die im Augenblick schlechter dran sind, als sie es je waren. Es hilft nichts, den Mut an einem Ort zu verlieren, wo ständig Menschen hereinkommen, die sich in der Anfangsphase ihres Leidensweges befinden. Es bleibt einem nur übrig, die verdammte gute Laune und den schwarzen Humor einzuschalten. Das Lachen dröhnt laut und lebenskräftig durch die offenen Türen. Oft beginnt es mit einer bizarren Geschichte im »Lofotzimmer« – und pflanzt sich durch die Korridore fort.

Der Junge soll eine Krone vom Doktor bekommen, wenn er versucht zu stehen, und er darf sich auch irgendwo festhalten. Wie ein kleiner, heller Birkenzweig sitzt er da und schaut den Doktor mit großen Augen an. Mager und kerzengerade. Die Haut spannt sich weiß und stramm über den dünnen Wangen. Er ist jetzt wo-

chenlang nicht draußen gewesen, und er scheint es auch nicht mehr zu vermissen. Es war einfach zuviel, als er das letzte Mal draußen war. Er jammert nicht länger nach Spielkameraden. Hat eine Erinnerung an ein anderes Leben, in dem es Kinder gibt, die über weite Felder rennen. Er schaut auf den Schnee, der in dichten Flocken fällt. Große, weiße, trotzige Spätwinterflocken. Eine letzte Kraftanstrengung vor dem Frühling, so hoffen alle. Er starrt altklug und mit großen Augen durch das Fenster auf das Wäldchen und hat einen kurzen, halbvergessenen Traum, wie es war, Schneehütten zu bauen. Aber sobald er den Blick wieder ins Zimmer wendet, ist er gefangen von der warmen, geschlossenen Wirklichkeit innerhalb der Krankenhauswände.
Sie haben ihn noch einmal operiert. Die erste Wunde wollte nicht heilen. Sie mußten noch mehr von der Fußsohle wegnehmen. Es lag daran, daß sie beim ersten Mal den Fuß soviel wie möglich schonen wollten. Er weinte ein bißchen, als sie ihm sagten, daß er erneut operiert werden müßte, und er versuchte, die Schuld auf die Pfannkuchen zu schieben. Er erinnerte sich, daß es unangenehm war, aus der Narkose aufzuwachen. Alles war so dumpf und sonderbar.
Die Schwestern sorgen dafür, daß er Pfannkuchen bekommt, auch wenn der Tag vor der Operation kein Pfannkuchentag ist. Danach muß er sich mit der Operation abfinden, um sein Gesicht nicht zu verlieren. Kein anderer als der Finne und er haben im Krankenhaus geweint, das weiß er. Der Finne wird bestimmt nie mehr gesund, aber er hat aufgehört, nach seiner Mutter zu rufen.

Jetzt will der Doktor dem Jungen eine Krone schenken, wenn er versucht zu stehen. Die Füße seien recht gut verheilt, meinen sie. Sie sind um sein Bett versammelt, Mutter, die Schwester und der Doktor. Vater liegt hinten in seinem Bett. Sie ziehen ihm die neuen hohen Schnürschuhe an, die er bekommen hat. Zu Hause nennen sie so etwas »Großschuhe«. Er läßt sich beim Anziehen von Strümpfen und Schuhen helfen. Die weißen dünnen Beine mit den blauen Adern sehen über den dicken Wollsocken ganz verloren aus. Als ob sie protestieren wollten, aber es nicht wagten. Die Schuhe sind steif und merkwürdig und sehen hier im Krankenzimmer völlig idiotisch und unnütz aus. Die Schwester lächelt und zieht ihn an den Haaren. Ein heller Schopf über einem Gesicht, das nicht mehr das eines Kindes ist. Diese Wochen, seit er vom Efjord in das Gebirge hinaufgegangen ist, haben dem Gesicht einen altklugen Ausdruck verliehen. Einen Ausdruck, der erkennen läßt, daß die erwachsene, grelle Wirklichkeit mit großem Schmerz und großer Angst darübergefahren ist, und der die Geduld zum Warten offenbart. Der Junge ist das Maskottchen aller, aber er ist zu wenig im Ränkespiel bewandert, um es auszunutzen, obwohl er seinen schmerzlichen Teil des Krieges durchlebt hat.

Endlich steht er aufrecht da in dem gestreiften Krankenhauskostüm, das um den mageren, kleinen Körper schlottert. Der Doktor und die Schwester halten ihn an der Hand. Sie bücken sich ein wenig, um ihn aufzufangen, falls er fallen sollte. Mutter bleibt halb stehend, halb sitzend bei ihrem Bett. Vater liegt. Er ist noch nicht an der Reihe. Sie alle lächeln. Er spürt, daß ihr Lächeln gleichsam über seinem Kopf zusammenschlägt. Er hat sich schon lange, auf dem Hinterteil rutschend, fortbewegt. Flink wie der Wind durch die Korridore und hinein in das Zimmer der Männer von den Lofoten. Die Rückseite der weißen Krankenhaushose ist kohlrabenschwarz. Aber niemand schimpft deswegen mit ihm. Hansen nennt ihn »Schwarzpopo« und sagt, er werde ihn auf den Lofoten als Möwe anheuern.

Er ist gerade sechs Jahre alt geworden und muß von neuem laufen lernen. Schleift die schweren, soliden Schuhe nach. Ein kleiner Schritt jedesmal. Merkt nicht, wie sich Mutters Augen langsam mit Tränen füllen, so daß sie ihn kaum sieht. Spürt nicht den weichen Blick des unerschütterlichen Arztes auf sich ruhen. Er schaut auf den Boden und konzentriert sich nur darauf, einen Fuß so weit zu bringen, daß er es wagt, die Verantwortung für die Standfestigkeit des Körpers zu übernehmen. Jedesmal ein Fuß. Gleich große Verantwortung. Schlimmer ist es für den Fuß, der noch einmal operiert werden mußte. Er schmerzt schon, wenn der Junge nur meint, daß etwas die äußerste Spitze berührt. Er hat das Gefühl, daß sich der harte Schuh in seinen Kopf bohrt, so weh tut es. Aber er weiß, daß er nur ein paar Schritte gehen muß und daß sie meinen, er sei tüchtig. Zuletzt beißt er die Zähne zusammen und läßt die Erwachsenen los, die sicheren Hände, um sich am Bett festzuhalten, während er die großen Schuhe nachzieht. Ein Schritt, zwei Schritte, drei Schritte.

An diesem Tage ist er ein Held. Die Krone liegt in der Tasche der Krankenhausjacke und glüht. Er rutscht auf dem Hintern rundum in alle Zimmer und sieht allen

Gesichtern an, daß sie es wissen. Er hat es geschafft zu gehen!
Erst abends, als er im Bett liegt, wird ihm klar, daß es mit dem Laufen sehr schwierig werden wird. Mit dem richtigen Laufen. Er weiß nicht, wie er damit fertig werden soll. Als ob die Mutter versteht, was er denkt, sagt sie unbeschwert:
»Das geht jetzt ganz schnell. Der Doktor sagt, daß du in kurzer Zeit wieder laufen kannst. Du mußt nur jeden Tag üben.«
Er läßt sich trösten. Er träumt von weiten Feldern in Lødingen. Er fliegt über das Gelände, die anderen Jungen folgen ihm dicht auf den Fersen. Er ist der erste von der Schar, und die Füße tun nicht weh. Dann entdeckt er, daß er keine Füße hat. Er wagt nicht zu landen. Er muß immer weiter fliegen. Er hat keine Füße!
Am nächsten Tag können sie ihn nicht einmal zum Stehen überreden. Er ist störrisch wie ein Esel. Er hat seine Pflicht für das Kronenstück getan. Nun will er nicht mehr. Er benutzt das Hinterteil und will kein Held sein. Der Schweiß bricht ihm aus, wenn er nur daran denkt, daß er stehen oder gehen soll. Er hat sich entschlossen, für den Rest seines Lebens das Hinterteil als Fortbewegungsmittel zu benutzen. Und er bemüht sich nicht, den wohlmeinenden Erwachsenen etwas zu erklären. Trotzig preßt er die Lippen zusammen. Der Junge, der die ganze Zeit so fügsam und geduldig war, ist nicht zu bewegen.
Aber vorwärts kommt er. Wie ein Pfeil schießt er zwischen den Beinen der Angestellten durch. Sind die Türen geschlossen, bleibt er so lange sitzen, bis jemand

auftaucht und ihm öffnet. Oder er denkt sich etwas anderes aus.

Sie kaufen ihm eine Pelzmütze. Versuchen ihn damit zu verführen, daß die Mütze ihm gehört, falls er soundso viele Schritte geht. Sie hat ein schönes, weiches Fell. Sie drücken sie ihm in die Hände, aber er nimmt sie nicht. Dann setzen sie ihm die Mütze auf den Kopf. Er findet sich damit ab. Mutter holt einen Spiegel. Er ist gefangen von seinem eigenen Spiegelbild. Komisch! Die Mütze verändert ihn völlig. Die Ohrenklappen hängen zu beiden Seiten herunter. Er sieht nur die Mütze. Sein blasses, verschlossenes Gesicht darunter ist unwesentlich. Er ist die Mütze! Sie krault ihn sanft hinter den Ohren und im Nacken. Sie ziehen ihm die Schuhe an, ohne daß er es merkt. Im übrigen ist er nackt. Er ist bei der Morgentoilette. Die Erwachsenen benutzen seinen Trancezustand im Spiegelbild und können keine Zeit damit verschwenden, ihn anzuziehen. Nur die Schuhe sind wichtig. Sie sollen ihm helfen, die Balance zu halten.

Dann stellen sie ihn auf die Füße. Schritt für Schritt wackelt er zwischen ihnen. Ein nacktes Menschenkind, nur mit schweren Wanderstiefeln und Pelzmütze bekleidet. Er kommt voran. Spürt, wie der Doktor ihn an der Seite mit dem schlechteren Fuß hochhebt. Die Tür geht auf, und eine Schwester erscheint mit einem Tablett. Sie bleibt erstarrt stehen. Dann weicht sie zurück wie vor einem Wunder. Durch die offene Tür wieder hinaus. Der Junge kämpft sich zwischen dem Doktor und der Schwester weiter vorwärts. Er schnauft wie ein kleines Tier, und die Zeit steht still in dem Raum. Schritt für Schritt bis zur Tür. Alle, die sich im Korridor aufhalten, bleiben stehen

und schauen. Dann breitet sich ein Lächeln auf den Gesichtern aus. Ein nackter Junge und ein Paar große Schuhe. Sie wissen, was es für ihn bedeutet. Sie kennen seine Geschichte. Er ist einer von ihnen, wie er da mit der mächtigen Pelzmütze steht, die ihm ins Gesicht geglitten ist.
Plötzlich merkt er, daß er nackt ist. Er sieht hilflos und beschämt zu den Erwachsenen, die die Tür schließen.
Er hat sich eine Krone und eine Pelzmütze verdient und weiß ein wenig mehr über sich selbst.

Eines Tages kommt ein junger Same auf die Abteilung. Er ist höchstens vierzehn, fünfzehn Jahre alt. Ein paar Finger sind ihm weggesprengt worden. Er ist noch nie in einem Krankenhaus gewesen und betrachtet es beinahe als ein Hotel voller Menschen, mit denen man sich bekannt machen kann. Er hat ein gut heilendes Gewebe und ist vom ersten Tage an unermüdlich auf den Beinen. Er macht viele Botengänge für die anderen. Kauft Teilchen zum Kaffee. Holt Zeitungen und bringt Briefe weg. Er kommt mit den bandagierten Händen gut zurecht. Eine Hand ist schlimmer als die andere. Er tut so, als sei die bessere einigermaßen gesund und benutzt den Handrücken, um die Stumpen vor Stößen zu bewahren. Schiebt Dinge, die er tragen will, zum Körper hin und drückt sie dann mit dem Unterarm an sich. Wenn er draußen gewesen ist, wirbelt er der Reihe nach durch alle Zimmer, noch in Mantel und Mütze. Ein guter Geruch nach Jungenschweiß und frischer Luft umgibt ihn bei seinem Lauf durch die Zimmer. Die Wangen sind gerötet. Die Krankenhausatmosphäre kann diesem Burschen nichts anhaben. Es hat den Anschein, als wäre er nur für einen Augenblick zu Besuch da, um die anderen aufzumuntern.

Eines Tages bekommt Aslak, so heißt der Junge, Besuch von seiner Großmutter. Der Junge aus Lødingen sitzt auf dem Boden in Aslaks Zimmer und lauscht dem Gespräch. Er rutscht auf seinem Hinterteil vorwärts. Es geht schnell. Falls er versucht zu gehen, bedarf es nur einer kleinen Fehlberechnung, und er fällt hin. Die Fersen sind zu rund. Sie wollen ihn nicht im Gleichgewicht halten. Er verabscheut es hinzufallen. Er spürt die mitleidigen Blicke hinter seinem Rücken. Das brennt. Er kann keinem in die Augen sehen, wenn er gefallen ist.

Aslaks Großmutter spricht samisch. Sie ist ganz anders als die Großmutter in Vika. Für Aslaks verletzte Hände hat sie eine Art Beutel genäht, die er über die Verbände ziehen kann. Ihr Gesicht ist sehr runzelig. Eine kleine Dame, die so geht, als gehörte ihr die ganze Welt. Sie tätschelt Aslak nicht und fragt nicht, wie es ihm geht, was sonst alle Besucher tun. Nein, sie will sich auf die Bettkante setzen und stupst Aslak mit dem Ellenbogen, weil er ihr nicht genügend Platz macht. Sie ist so klein, daß sie nur mit einem kleinen Sprung hinauf auf das Bett gelangt. Dann seufzt sie, und das ganze Gesicht erhellt sich zu einem Lächeln. Die Stimme kommt von tief unten aus den vielen Wollsachen, die sie nicht einmal aufknöpft. Sie zieht die Beutel vorsichtig über die verletzten Jungenhände und schaut auf zu Aslaks Gesicht, während sie etwas sagt. Der Junge würde gerne verstehen, was sie reden. Es hört sich an wie Gesang. Er beobachtet sie genau und lauscht. Das tun die Männer in ihren Betten

auch. Die kleine Frau bleibt nicht lange. Sie reicht dem Jungen zum Abschied die Hand. Aslak streckt ihr die Hand hin, mit der er besser dran ist, und beißt sich auf die Lippen, als sie fest zudrückt. Dann zeigt sie mit dem Zeigefinger auf die Beutel, die sie genäht hat, und lächelt. In der Tür dreht sie sich noch einmal um, sieht jeden einzelnen an und nickt ihm zu. Dann ist sie fort.
Der Junge hat noch nie so eine Großmutter gesehen. So eine wünscht er sich auch.
An dem Tag, als Aslak entlassen wird, ist nicht nur der Junge traurig. Als ob Aslaks frischer Atem sie bis jetzt alle am Leben erhalten hätte und sie nun überleben müßten, so gut sie können.
Die Tage vergehen langsam und routinemäßig. Die Patienten, deren Wunden allmählich heilen, tragen mit dazu bei, den anderen Mut zu machen … Wenige sprechen darüber, warum sie hier gelandet sind. Trotzdem wird man mit jedem einzelnen bekannt. Durch diejenigen, die von Zimmer zu Zimmer gehen. Eine begrenzte Anzahl von Füßen scheint für eine ganze Abteilung zu genügen. Ein Paar gesunde Füße können die Kommunikationsprobleme für viele lösen.

Vater bekommt Besuch. Leute, die für den norwegischen Geheimdienst arbeiten. Für die anderen fremde Männer. Sie sagen nicht viel. Aber sie übergeben ihm einen Briefumschlag. Geld aus London, erklärt er dem Jungen und sieht froh aus.
»Reden sie in London schwedisch?« fragt der Junge.
»Sie reden dort englisch«, sagt Vater.
Dann kommen die Männer mit dem Umschlag nicht aus

London, denn sie reden doch schwedisch. Der Junge hat sich angewöhnt, nicht mehr zu fragen. Aber das hier muß er herauskriegen. Als ob Vater merkt, worüber er nachdenkt, fügt er hinzu:
»Dort, in London, sprechen die Leute die Sprache, die sie in ihrem Heimatland gelernt haben. Es sind viele Fremde in London, weil Krieg ist.«
Nur selten spricht Vater über den Krieg, und der Junge starrt ihn an. Dann nickt er ernst und altklug.
Er weiß ja, daß er wegen des Krieges in Gällivare in Schweden ist. Aber er begreift nicht, warum Krieg in Norwegen und in Lødingen notwendig ist, wenn in Schweden kein Krieg ist.
Vaters Geld aus London ist nicht nur der kleinen norwegischen Familie willkommen. Es wandert in kleinen Portionen in etliche Nachttischschubladen.
Der Mann hat eine provisorische Prothese aus Holz und Gips bekommen. Er macht den gleichen Prozeß durch wie der Junge. Aber niemand verspricht ihm Kronen oder eine Pelzmütze. Er ist hartnäckig, übt jeden Tag ein bißchen, während der Schweiß rinnt. Grinst verlegen, wenn er beinahe hingefallen wäre. Aber er und die anderen wissen, daß es da nicht viel zu grinsen gibt. Der schwarze Humor liegt ab und zu wie ein Schild über den Schmerzen und der Angst vor der Zukunft. Keiner kratzt an dem Schild des anderen. Alle wissen, wie wenig es bedarf, bis jeder Widerstand bricht und die Ohnmacht Oberhand gewinnt. Deshalb wenden sie sich ab, wenn sie eines anderen Niederlage sehen, während sie grinsen und Witze über ihre eigenen Niederlagen machen.
Sie ist die einzige Frau auf der Abteilung. Daraus schließt

sie, daß es zu Hause in Norwegen viele Frauen gibt, denen es schlechtgeht. Wenn auch nicht so sehr in physischer Hinsicht. Sie ist oft froh, daß sie in dieser schweren Zeit alle drei zusammen sind. Daß sie einen hohen Preis dafür bezahlen mußten, darüber sprechen sie nicht. So wie es uninteressant ist, über den Schaden zu sprechen, den die Winterstürme vor vielen Jahren angerichtet haben. Was sein muß, *muß* sein. Sie leben. Das ist wichtig. Und was noch wichtiger ist: Sie leben alle drei. Aber sie machen keine großen Worte über die Situation. Das haben sie mit allen Patienten gemein. Und so unterscheidet sie sich nicht von den anderen, auch wenn sie eine Frau ist.
Jeder Tag hat seine Herausforderung für die Flüchtlinge. Besonders für solche, die eine umfangreiche Amputation hinter sich haben. Einige spielen den Clown, um sich und die anderen aufzumuntern. Ein Norweger singt und lärmt und flirtet mit den Schwestern, so daß man schon von weitem hört, wo er sich gerade aufhält. Eines Tages hat er, ohne es zu wissen, seinen Glanzauftritt, als er aus dem Operationssaal gebracht wird und die Wirkung der Narkose nachläßt. Deshalb ist es unmöglich, Mitleid mit ihm zu haben. Außerdem teilt er das Schicksal mit vielen. Wer sich gerade im Korridor aufhält, lacht über das Stöhnen und das laute, irre Geschwätz. Sie wissen, was er noch zu erwarten hat, wenn alles verheilen soll. Die Schmerzen, das Wundpulver, die Spritzen, die jeden Tag in das zarte, heilende Gewebe gegeben werden müssen. Die kleinen Scharmützel, mit der Prothese zu üben. Und trotzdem lachen sie darüber, daß der Norweger mit dem schlimmen Mundwerk auch in der Narkose seinen schwarzen Humor behält. Das verlangt Respekt. Er fuch-

telt mit den Armen und läßt die Stimme weithin erschallen, als käme er auf einem Siegeswagen aus dem Krieg. Er hat beide Füße bis über die Knöchel für die norwegische Sache geopfert und hat allen Grund, geehrt zu werden. Aber es wird nicht laut über Helden gesprochen. Die meisten wissen, daß es wichtiger ist, Mensch zu sein. Sie haben Gesundheit und Beweglichkeit in dem norwegisch-schwedischen Grenzgebirge gelassen. Die Kälte hat sich als der gefährlichste Feind erwiesen. Kaum waren sie den Deutschen entkommen, da zeichnete König Frost sie für immer. Aber sie hängen noch am Leben. Sie haben allen Grund zu lachen. Die meisten auf der Abteilung sind norwegische Flüchtlinge, die den Weg über das Gebirge gegangen sind und Frostschäden erlitten haben. Und sie machen unter anderem ihre Witze darüber, daß sie gerne wüßten, was die Schweden auf den Mittagstisch bringen würden, wenn es bei den norwegischen Flüchtlingen nichts mehr abzuschneiden gebe. Einige meinen, daß man mit diesen mageren Sachen nicht überleben könne. Aber ein anderer wirft ein, daß sie ja zusätzlich das schwedische Knäckebrot hätten, da mache es nicht soviel aus, daß es sich um Fleisch zweiter Wahl handele.

Sie gewöhnt sich an die harten Reden. Sieht ein, daß auch in ihnen eine Art Überlebenskampf steckt. Es bedeutet soviel, nicht das Gesicht zu verlieren – eine gewisse Würde zu bewahren. An den makabren Scherzen erkennt sie, daß die Männer ihren eigenen Kampf kämpfen, der nicht nur mit verlorenen Gliedmaßen und Heimweh zu tun hat. Sie ahnt, daß mancher sich im tiefsten Innern bemüht zu verstehen, warum gerade er in dieser Verfassung hier liegen muß, und den Schock noch nicht verwunden hat, daß sein Schicksal unabwendbar und von Dauer ist.

War es den Preis wert? Der Mann sagt nichts darüber. Er begnügt sich mit einem Lächeln, wenn das Lachen aus dem »Lofotzimmer« herüberdröhnt. Sie lächelt auch, selbst wenn es ihr nicht gelingt, sich an den harten Reden zu beteiligen, die eine Art Schneckenhaus für die vielen weichen, verwundbaren Schnecken bedeuten, die sich allzu lange in der gefährlichen Wagenspur aufgehalten haben.

# 9

Nachts wird sie von vielen Träumen geplagt. Eine Geschichte, die sie gehört hat, erlebt sie immer wieder. Von einem jungen Paar, das Schweden nie erreicht hat. Sie hatten sich dicht zusammen in den Schutz eines Felsens gesetzt – oben im Gebirge. Das Unwetter machte es ihnen unmöglich, weiterzugehen. Dann waren sie eingeschlafen. Als man sie fand, waren sie steifgefroren und ineinander verschlungen. Nicht zu trennen.
Sie denkt zunächst nicht viel darüber nach, aber durch den Traum holt die Geschichte sie ein. Sie durchlebt sie selbst. Sieht sich, den Jungen und den Mann dort im Schnee liegen, und es wird ihr bewußt, wie nahe sie dem Tod waren. Sie haben das Ganze jetzt hinter sich, dennoch ist sie nicht fertig damit. Denkt an alle, die hierhergebracht worden sind. An die Bahren, die sie aus dem Operationssaal hat rollen sehen, an alles Stöhnen und die verzerrten Gesichter mitten in der vorsichtigen Freude, noch am Leben zu sein – das quält sie Nacht für Nacht. Sie versucht, darüber zu sprechen. Aber es geht nicht. Es ist noch zu nah. Sie schiebt es von sich und holt die sicheren, erdnahen Gespräche hervor.

Nachts kommt sie wieder: die Angst, die sie am Tage verbirgt. Die Sorge um den Jungen. Sie hat gesehen, wie er sich mit den großen Schuhen abmüht. Er hat einen enormen Widerwillen gegen das Üben. Die Ungewißheit, wie sie mit dem Nasenstumpf aussehen wird, auch wenn er sich gut macht und abheilt, so daß es juckt wie die Läuse.
Läuse. Sie ist oft wieder in der Hütte, und es juckt von Millionen von Läusen, während der Bratendunst und der Qualm von dem schwarzen Ofen sich über den ganzen Raum legen. Wenn sie aufwacht, versteht sie, daß der Traum mit dem Heilungsprozeß in den Operationsnarben zusammenhängt. Trotzdem dauert es viele Stunden, bis sie das Gefühl von totaler Hilflosigkeit und von Untergang abschütteln kann.

Eines Tages bekommt die kleine Familie Besuch von dem Buchhändler in Gällivare. Ein freundlicher, älterer Mann, der gebürtiger Norweger ist. Er hat Lesestoff mitgebracht und möchte mit ihnen über die alte Heimat reden. Schließlich vertraut sie ihm an, daß sie darüber nachdenkt, wie sie ihre Eltern benachrichtigen könnte, daß sie am Leben sind und es ihnen verhältnismäßig gut geht. Der Buchhändler verspricht, einen Brief an ihren Vater zu schicken und in verschleierten Wendungen das Allernötigste mitzuteilen. Sie verläßt sich auf ihn, dennoch kommen ihr Bedenken, als er gegangen ist, daß es für die Eltern lebensgefährlich sein könnte, Informationen über die Flüchtlinge zu erhalten. Sie wird die Unruhe nicht eher los, bis der Buchhändler nach ein paar Wochen wiederkommt und ihr einen Antwortbrief von

ihrem Vater mitbringt. Danach ist es leichter, die Tage zu ertragen.
Der Finne mit den Tretminenverletzungen und die kleine norwegische Familie bleiben am längsten im Krankenhaus. Der Junge und sie sind oft in dem Zimmer bei dem Finnen. Er versteht wenig von ihrer Sprache und sie nichts von seiner. Trotzdem weiß sie, daß es ein kleiner Trost für ihn ist, wenn sie bei ihm sitzen. Sie hätte gerne mehr über ihn gewußt. Aber es werden nur Blicke und einsilbige Worte gewechselt. Ab und zu legt sie die bandagierte Hand auf seine Decke. Da nickt er. An manchen Tagen sieht sie eine Art Licht in seinen Augen. An anderen Tagen scheint er nicht einmal wahrnehmen zu können, daß sie da ist. Dennoch sieht sie, daß seine Pupillen sich weiten, wenn sie aufsteht und gehen will. Er liegt auf dem Bauch, den jungen, sehnigen Arm unter dem Kopf und schaut schräg zu ihr hinauf. Hilflos und resigniert. Er ist auch ein Opfer des Krieges, an dem teilzunehmen er nicht gebeten hat. Es nützt nichts, sich auszumalen, wie das Leben ohne diesen absurden Krieg aussähe. Alles wird auf eine grelle Weise relativiert. Dieser Junge würde zum Beispiel nicht mehr am Leben sein, falls er liegengeblieben wäre. Er hatte Glück, daß Rot-Kreuz-Sanitäter ihn fanden und über die Grenze nach Schweden brachten. Sie selbst würde auch nicht mehr am Leben sein, wenn nicht zufällig ein Flugzeug über die Gegend geflogen wäre.
Es nützt nichts, sich über die eigene Situation zu grämen. Es hätte alles noch viel schlimmer kommen können – wenn der Krieg nicht in seiner eigenen Grausamkeit Risse gehabt hätte. Sie weiß, daß es viele gibt, die niemals

imstande sein werden, sich über den Krieg Gedanken zu machen. Deshalb sind solche Dinge wie saubere Verbände, ein Bett ohne Läuse und ein Teller voll Essen das äußerste an Glück und Wohlbefinden, ungeachtet der körperlichen Schäden. Sie ahnt, daß die schlichte sinnliche Wahrnehmung, die einfache Dankbarkeit für das Leben das Wichtigste sind.

Der Oberarzt ist stolz auf seine Erfindung. Eine einfache Prothese aus Gips und Holz. Ohne Fuß, nur ein Holzbein von der Art, wie es bei den einbeinigen Seeräubern beschrieben wird. Vater kommt allmählich gut damit zurecht und witzelt, daß er einen Schuh spart. Könnte er doch beide Schuhe an einem Fuß verschleißen! Er bewegt sich rund um das Zimmer, indem er sich auf die wenigen Möbel stützt.
Die Märzsonne ist eine Tatsache. Es tropft vom Dach. Sie werden einmal am Tag in Decken eingehüllt, während das Personal lüftet und die von aufgetauter Erde gesättigte, feuchte Frühlingsluft durch die hohen Fenster hereinläßt. Der Geruch nach Erde und Luft ist sowohl eine Erleichterung als auch ein Anlaß zur Unruhe. Sie wissen, daß sie bald aus dem Krankenhaus entlassen werden und allein zurechtkommen sollen. In Stockholm. Man hat ihnen eine Wohnung auf unbestimmte Zeit versprochen. Mehr wissen sie nicht. Nur daß Stockholm eine schrecklich große Stadt ist im Vergleich zu dem, was sie gewohnt sind. Mit Vater und seiner Prothese wird es allmählich besser. Der Junge indessen *will* nicht gehen, rutscht nur auf dem Hintern herum. Noch ist er durch die Umgebung beschützt.

Aber sie kann einen großen Jungen nicht in einer fremden Stadt herumtragen, deshalb verspricht sie ihm alles, Geld und Spielsachen, um ihn zum Laufen zu bewegen. Die Schwestern helfen ihr, wenn sie Zeit haben. Kommen mit Süßigkeiten und kleinen Geschenken herein, drücken ihn und reden mit ihm. Zu Anfang, als sie meistens im Bett lag und nicht die Kraft hatte, mit dem Jungen zu spielen, hegte sie einen kindlichen Groll gegen die gesunden Schwestern, die soviel überschüssige Kraft hatten und mit dem Jungen besser fertig wurden als sie. Jetzt kann sie nur über ihre eigene Eifersucht lachen und die Schwestern dafür segnen, daß sie so hilfsbereit und lieb sind. Aber zunächst hatte sie das Gefühl, es wäre ihre Schuld, daß der Junge nicht laufen wollte und sie hilflos dalagen und Fürsorge und Almosen annehmen mußten.

Im Hinterkopf hatte sie die Vorstellung, daß sie alle ohne Schäden davongekommen wären, wenn sie selbst im Gebirge nicht so langsam, wenn sie tüchtiger und gesünder gewesen wäre. Sie weiß, daß dieser Gedanke jeder Logik entbehrt, trotzdem braucht sie Zeit, um damit fertig zu werden. Und das zeigt sich in einer ganz gewöhnlichen, dummen Eifersucht, wenn sie sieht, daß andere Frauen die erforderliche Kraft und Liebe für den Jungen haben – und daß sie ihre Gefühle eigentlich besser zeigen können als sie selbst. Sie läuft mit ihrem Nasenstummel, in Filzpantoffeln und langem Krankenhaushemd herum. Die Hände sind verbunden, so daß sie ihrem Kind nicht einmal bei dem Allernötigsten helfen kann. Ihm nicht liebevoll über das Haar streichen. Aber sie gewöhnt sich daran. Geht mit Vertrauen zur Umwelt und einer wesentlich geringeren Forderung an die Mutterrolle in ihr neues Dasein. Es ist ihr selbst nicht bewußt, aber das müßige Herumlaufen und das Warten, daß die Stümpfe heilen, sind eine Belastung, die zu meistern sie keinerlei Übung hat. Der Kopf funktioniert. Der Körper beginnt zu funktionieren, die Hände ausgenommen. Der Mann kann den Oberkörper und die Hände frei bewegen. Aber die Füße machen ihn auf andere Art genauso untätig, wie sie es ist. Sie möchte mit ihm darüber reden. Aber daraus wird nichts.

Eines Tages sitzt die kleine Familie im Zug nach Stockholm. Zuerst sollen sie sich bei einer Sammelstelle in Kjeseter einfinden. Sie sind alle drei neu eingekleidet worden. Die Kleider, mit denen sie über die Grenze gekommen sind, hat das Krankenhauspersonal verbrannt, zerlumpt und blutgetränkt, wie sie waren. Zum Glück war der Mantel noch so gut, daß sie ihn behalten konnte.
Sie reisen ohne Begleitung und haben ein Abteil für sich. Aber jemand wird sie auf dem Bahnhof in Empfang nehmen. Trotzdem macht sie sich Sorgen. Allein die Tatsache, nicht mehr im Krankenhaus zu sein, ist beunruhigend. Sie haben nur noch sich selbst, ihre Behinderung und das spärliche Gepäck. Die Landschaft fliegt wie irr vorbei, und sie können sie gar nicht in sich aufnehmen. Nach drei Monaten mit weißen Krankenhausbetten ist es fast zuviel, das alles zu erfassen. Die Gerüche, die durch das Fenster hereinsickern. Die Geräusche, wenn der Zug auf den Stationen hält.
Der Junge sitzt kerzengerade und schaut fasziniert hin-

aus, bis er erschöpft in Mutters Schoß einschläft. Die Welt kommt auf die drei zu wie ein Schock. Sie klammert sich an die Freude, auf ihrer Flucht nun so weit gekommen zu sein, aber die Erinnerungen an das Krankenhaus und die Menschen dort tauchen zwischen den vorbeifliegenden Telefonstangen und Häusern undeutlich flimmernd auf. Die neuen Kleider sind ganz ungewohnt auf der Haut. Der Junge sieht fremd aus in dem beigen Anzug und dem gestreiften Hemd. Nur die Pelzmütze und die großen Schuhe erinnern sie an die Tage im Krankenhaus. Die Mütze und er sind eins. Er hat sie zu jeder Zeit auf, so daß alle darüber lächeln müssen. Sie hat sich daran gewöhnt, ihn mit der Mütze auf den Krankenhauskorridoren zu sehen, aber sie findet, daß das bleiche Gesicht »hier draußen« unter der gewaltigen Mütze unnatürlich wirkt. Jetzt schläft er in ihrem Schoß, und die Mützenbänder bewegen sich im Rhythmus des Zuges vor und zurück. Sie zieht ihm die Mütze vorsichtig ab und streicht über den feuchten Haarschopf. Die Hände sind schon seit einiger Zeit nicht mehr verbunden, und sie sind noch zu gebrauchen. Nur das Greifen muß sie üben. Noch fallen ihr die Dinge auf den Boden, weil sie nicht daran denkt, daß sie keine Daumen mehr hat, die gegenhalten. Aber sie ist entschlossen, es zu schaffen. Sie meistert bereits eine Kaffeetasse mit einer Hand. Nimmt den Henkel mit dem Langfinger und stützt mit dem Zeigefinger. Wenn die Tasse nur halbvoll ist, geht es gut. Sie ist stolz wie ein Kind, wenn sie nichts verschüttet.

Sie werden auf dem Bahnhof empfangen und zur Registrierung nach Kjeseter gebracht. Hier begegnet der klei-

nen Familie eine Herausforderung, die ihr bisher erspart geblieben war. Sie werden getrennt.
Es gibt Männerbaracken und Frauenbaracken. Da es nicht üblich ist, daß Kinder über die Grenze flüchten, sind sie für das Personal der Annahmestelle ein unbekanntes Problem.
Sie sollen sich zuerst zur Entlausung melden. Der Junge und sie gehen allein, weil Männer und Frauen getrennt sind. Sie erklärt der Schwester, daß sie drei Monate im Krankenhaus gelegen hätten, so daß wohl kaum Läuse bei ihnen zu finden seien. Die Schwester sucht in den Papieren und stellt fest, daß sie die Wahrheit gesagt hat, lächelt und gibt den Bescheid an diejenigen weiter, die die Entlausung vornehmen sollen. Hier scheint sich alles wie am Fließband abzuspielen. Vielerlei Menschen finden sich in dem Lager ein, auch solche, die sich nicht genieren, das Personal nach Strich und Faden zu belügen. Deshalb muß man sich damit abfinden, kontrolliert zu werden. Sie kommen um die Entlausung herum, der Junge und sie. Aber als sie gerade gehen will, wird sie von dem Entlausungsexperten am Schreibtisch zurückgerufen. Der Mann grinst und möchte ihr etwas zeigen. Auf seinem Schreibtisch steht eine Schachtel mit durchsichtigem Deckel, in der er die größten Exemplare der »norwegischen Läuse« aufbewahrt. Sie krabbeln immer im Kreis herum. Die »Angeberschachtel« nennt er sie. Nur die allergrößten kämen dort hinein. Der Rest werde verbrannt, erklärte der Mann sachlich und läßt auch den Jungen sehen. Er schaut mit großen Augen und drückt sich mit dem ganzen Oberkörper dicht an die Mutter, wie er da auf den unsicheren Füßen steht und sich an ihr

festhält. Sie weiß nicht, ob sie lachen oder weinen soll. Sie kann keinen Witz darin sehen. Und später, als sie allein sind, löst das Ganze ein hysterisches Gelächter aus, das in zähe Schluchzer übergeht. Ohne es zu wissen, kratzt sie sich am Hals und Haaransatz blutig, während sie eine von den großen Läusen in der Schachtel vor sich sieht. Sie hat einen großen schwarzen Fleck auf dem Rücken und läuft über die andern hinweg bei ihrer irren Wanderung, ständig im Kreis. Aber als sie merkt, wie erschrocken der Junge sie anstarrt, nimmt sie sich zusammen. Bleibt noch eine Weile stehen und lehnt den Kopf an die Barackenwand.

Der Junge kommt mit der Mutter in die Frauenbaracke, er kann jedoch nicht verstehen, daß Vater nicht mit ihnen zusammensein darf. Mutter versucht es ihm zu erklären, aber der Junge akzeptiert die Logik der Erwachsenen nicht und wird böse. Die fremden Frauen schauen die beiden erstaunt an.

Nur langsam finden sie Anschluß. Sie entdeckt schließlich eine gewisse Gemeinsamkeit mit einer Frau, die gerade das Kleid kürzer macht, das ihr zugeteilt worden ist, aber nicht ganz paßt. Ihre linke Hand ist deformiert. Sie schauen sich gegenseitig auf die Hände und nicken sich zu. Bringen es zuerst nicht fertig, etwas zu sagen. Die Fremde schaut verwundert auf die Hände der anderen, dann auf die ganze Person – und ein Lächeln breitet sich auf ihrem Gesicht aus. Sie winkt unbekümmert mit dem kleinen spatenförmigen Stumpf ohne Finger und erzählt, daß es von Geburt an so ist. Hat auch nie Probleme damit gehabt, außer daß die Leute glotzen. Sie erzählt, während sie den Handstumpf unwahrscheinlich schnell und effektiv beim Nähen benutzt. Sie glättet den Stoff auf dem Tisch, ehe sie ihn um die Hand wickelt und ihn völlig kontrolliert an den Körper drückt. Die andere Hand führt die Nadel schnell und sicher in den Stoff und wieder heraus. Es ist kaum zu glauben. Daß es geht! Die Begegnung mit der Frau, die ihr Handicap so gut meistert, läßt sie etwas optimistischer in die Zukunft blicken. Sie wird es schon schaffen. Wenn sie erst den Jungen zum Laufen bringt, wird alles gut werden. Der Mann wird zurechtkommen. Sie sieht es ihm an. Er hat diese verbissene Sturheit, die sie an ihm bewundert. Immer geradeaus weiter. Schweigsam und unnahbar hat er mit seinen Schmerzen dagelegen. Sie läßt ihn in Ruhe. Weiß, daß es seine Art ist, mit etwas fertig zu werden.

Die Frau mit der fingerlosen Hand heißt Brita. Sie ist aufgeschlossen und munter und ein guter Gesprächspartner. Die beiden sind in dieser Woche im Sammellager viel zusammen. Brita hilft ihr, das viel zu weite Kleid, das sie bekommen hat, enger zu machen. Alle Kleider, die verteilt werden, haben den gleichen Schnitt. Die Farbe ist verschieden. Für einige von ihnen ist es nicht gerade die Traumfarbe, aber das hat nicht viel zu bedeuten. Sie machen zwischendurch ihre Witze, halten die »Säcke« in der Taille zusammen und rechnen aus, wieviel sie einnähen müssen. Und Brita bringt das Kleid allmählich in Ordnung.

Der Junge und sie liegen zusammen in einem breiten Bett in einem großen Gemeinschaftsraum. In der ersten Nacht kann sie nicht schlafen. Es kratzt so. Sie versucht,

sich selbst zu sagen, daß es nur die Nerven sind, weil sie solche Angst davor hatte, wie die Reise mit dem Zug und die Begegnung mit der Stadt werden würde. Und dann hat sie die Vision von den Läusen in der Schachtel ...
Aber es wird immer schlimmer. Sie kratzt sich durch die Nacht und versucht, sich möglichst wenig umzudrehen, um den Jungen und die anderen Frauen nicht zu wecken. Unbekannte Geräusche und gleichmäßiger Atem.
Sie sieht die Läuse in der Sitashütte vor sich. Schiebt es von sich, aber es kommt wieder, wie ein Bild, das sich festgebissen hat. Sie kratzt möglichst vorsichtig. Trotzdem hört sie irgendwo in der Dunkelheit ein gereiztes Räuspern.
Am Morgen entdeckt sie rote Flecken auf der Schulter. Groß wie Erbsen. Sie zeigt sie den übrigen Frauen. Schüttelt das Bettzeug aus und spürt, daß sie im Begriff ist, die Beherrschung zu verlieren. Das müßten Wanzen sein, meinen die anderen. Sie zieht sich so schnell an, wie es mit den daumenlosen Händen geht, packt den Jungen und bringt ihn hinunter in die Männerbaracke. Sie ist empört. Muß jemandem die Bisse zeigen. Ja, das könnten Wanzen sein, meint eine Schwester unwillig. Die Frau erklärt, daß sie keine einzige Nacht mehr in der Frauenbaracke bleibt. Sie will bei ihrem Mann wohnen. Aber nein, das geht nicht. Die Mitbewohner im Zimmer des Mannes lachen über sie, als sie den Jungen abholt und das Ganze erzählt. Sie nehmen die Wanzen nicht ganz ernst. Kleine rote Punkte, warum soll man soviel Geschrei darum machen. Sie gibt auf und trottet mit dem Jungen auf dem Rücken wieder hoch zur Frauenbaracke. Dort

stößt sie auf eine Angestellte, die ihr eine Rüge erteilt, weil sie den Schlafsaal verlassen hat, ohne ihr Bett zu machen. Sie erzählt von den Wanzen, aber die Dame dreht sich auf dem Absatz um und geht. Später kommt jemand und besprüht ihr Bett, um sie von dem Ungeziefer zu befreien. Aber am nächsten Morgen ist es das gleiche. Rote Bisse. Genau in der Form des Ungeziefers, das die Bisse verursacht hat.

Niemand von den anderen wird geplagt. Sie hört es den Stimmen an, daß man sie verdächtigt, das Ungeziefer selbst mitgebracht zu haben. Sie erklärt atemlos, daß sie drei Monate im Krankenhaus gelegen habe. Was für eine Art Ungeziefer könne man sich in einem Krankenhaus einhandeln? Könnten sie ihr das sagen? Aber sie zucken nur die Achseln und wenden sich einem neuen Gesprächsthema zu. Brita setzt sich zu ihr. Das hilft. Sie nimmt sich langsam zusammen, untersucht das Bett und das Bettzeug, ohne Resultat, und setzt sich beschämt zu den anderen. Sie hat das Gefühl, es wäre ihre Schuld, daß sie gebissen worden ist.

Sie wünscht sich sehnlichst, daß sie diesen Ort bald verlassen können, und kratzt sich durch die Nächte. Die Tage verbringt sie größtenteils in der Männerbaracke. Mit den anderen Frauen kommt sie anscheinend nicht mehr zurecht, seit sie ihnen die Flecken gezeigt hat.

Sie sprechen nicht davon, warum sie da sind. Es herrscht die gleiche Verschlossenheit wie im Krankenhaus in Gällivare. Sie fragen sich nicht gegenseitig nach dem Grund für die Flucht über die Grenze. Sie meiden das Thema wie die Pest ... Sie hört zwei Frauen über zwei Schwestern reden, die nicht in demselben Raum schlafen. Eine soll eine Deutschenhure gewesen sein, der der Boden unter den Füßen zu heiß wurde. Sie mußte fliehen, und die Schwester mußte einfach mitkommen. Die höhnische Stimme der Erzählerin ist nicht mißzuverstehen. Sie werden zusammengeschweißt und stark dort hinten am Tisch. Sie tut so, als hätte sie nichts gehört, und hält sich für sehr feige.

## 10

Noch einmal müssen sie sich als Flüchtlinge zurechtfinden. Das Zimmer mit den zwei großen Betten reicht. Erster Stock in einem alten Haus. Die Wirtin ist gesprächig und wohlwollend. Vater steht allmählich recht gut auf seinem provisorischen Holzbein, mit Unterstützung des halben Fußes in einem soliden Schuh. Der Junge rutscht auf dem Hinterteil zwischen den alten Hotelmöbeln herum, wie es ihm inzwischen zur Gewohnheit geworden ist. Die Mutter hat ihn die Treppe hinaufgetragen, ihr ist warm, und sie ist erschöpft von der Reise. Trotzdem ist sie heilfroh, die Baracken und die Wanzen los zu sein. Diese Zeit hat sie so sensibel für Eindrücke und für Reaktionen gemacht, die sie bei anderen Menschen auslöst, daß sie eine unsägliche Erleichterung verspürt, die Tür hinter sich zumachen zu können.
Nach der Beschreibung der Wirtin findet sie das Geschäft an der Ecke und kauft Brot, Butter, Aufschnitt und Milch. Nimmt alles mit hinauf ins Zimmer und verstaut es in der Schreibtischschublade. Die Milch bekommt ihren Platz am Fenster, damit sie ein bißchen kühl bleibt. Sie helfen sich gegenseitig bei der kleinen Mahlzeit. Er versteht das

Daumenproblem und schneidet Brot. Sie reden nicht viel. Sitzen da und nehmen das neue Heim in sich auf. Der Junge fragt, und sie antworten abwechselnd, während sie essen.
Draußen marschiert der Frühling mit Riesenschritten in die Stadt hinein. Die Tauben haben das Sims vor dem Fenster erobert und turteln und gurren hemmungslos. Ihr Kot liegt vor dem Fenster.

Sie hat sich mit der Frau im Milchgeschäft angefreundet und geht täglich spazieren. Der Mann macht drinnen seine Gehübungen und klagt nicht, aber er sitzt oft mit einem leeren Ausdruck, der sie quält, am Fenster. Schließlich versucht sie, mit ihm zu reden. Schneidet die Frage an, wie es ihm eigentlich gehe. Aber er kann die Schranke zwischen ihnen nicht überwinden. Nicht richtig. Sie muß es hinnehmen.
Das Mittagessen kauft sie in einem Pappbehälter in einem nahegelegenen Restaurant. Sie trägt die drei Portionen vorsichtig über die Straße und die Treppe hinauf in das kleine Zimmer. Sie genießen es, nicht mehr mit einer Menge Leute, die sie nicht kennen, gemeinsam essen zu müssen. Die Stille ist phantastisch. Beinahe zu fühlen, obwohl der Verkehr draußen vorbeirauscht. Die Zeit, in der sie so dicht mit anderen Menschen zusammenleben mußten, ermöglicht es ihnen, das Privileg des Alleinseins zu begreifen und zu würdigen. Sie saugt alle Freundlichkeit der Menschen, die sie während ihrer Einkaufstouren um Milch, Brot und Mittagessen trifft, in sich auf. Alle sind unglaublich hilfsbereit, sobald sie hören, daß sie norwegisch spricht. Trotzdem ist sie jedesmal erleichtert,

wenn sie die Tür zu ihrem Zimmer zumachen kann und sie allein sind.

Eines Abends geht sie zu dem Kiosk, um etwas Gutes zum Feiern zu kaufen, denn sie haben Bescheid bekommen, daß sie in wenigen Tagen eine Wohnung beziehen können. Der Tag wird strahlend hell bei dem Gedanken an eine richtige Wohnung, in der sie arbeiten kann, von Raum zu Raum gehen. Essen kochen. Radio hören. Eine Art Gelobtes Land – aber sie hat Angst, daß es ihr entgleitet, daß im letzten Augenblick etwas dazwischenkommt. Vor ihr steht ein Mann in der Schlange. Er will für seine gesamte Süßigkeitenration nur Schokolade haben. Aber die nette, tüchtige Verkäuferin im Kiosk sagt ihm, daß er etwas von jeder Sorte nehmen müsse. Die Rationen sollten für alle reichen. Er bekommt eine bestimmte Mischung in die Tüte. Dann ist sie an der Reihe und sagt wahrheitsgemäß, daß sie einen Jungen habe, der schrecklich gern Schokolade esse, aber sie verstehe ja, daß sie von allem ein bißchen nehmen müsse. Die Verkäuferin lächelt und sagt, daß diese Regelung für die norwegischen Flüchtlinge nicht gelte. Sie gleicht einem Raffaelschen Engel! Glücklich wandert der Flüchtling mit einer Tüte voll Schokolade nach Hause in das Pensionszimmer.

Der Junge möchte am liebsten mitkommen, wenn sie Besorgungen macht, und sie trägt ihn die Treppe hinunter und verspricht ihm Süßigkeiten, falls er ein bißchen läuft. Es ist eine solche Last, daß er nicht laufen will. Ab und zu hält er sich an den Hauswänden fest und geht ein paar Schritte, aber er wird schnell ungeduldig und will getragen werden. Sie spürt es in Schultern und Armen, aber mag es ihm nicht verweigern, draußen zu sein. Die Einkaufsrunden sind der einzige Kontakt, den er mit der Außenwelt hat. Jeden Tag die gleiche Diskussion: gehen oder nicht gehen. Solange sie noch im Zimmer sind und verhandeln, ist er bereit zu gehen, wie weit es auch sein mag. Manchmal ist er wirklich tapfer und quält sich um die Ecke, indem er sich an die Hauswand klammert. Aber es endet fast immer damit, daß sie ihn wie ein Paket unter den Arm nimmt. Die Verkäuferin im Kiosk hat sie und den Jungen sicher gesehen. Die Schokolade sollte ein aufmunterndes Schulterklopfen sein.

Am letzten Tag geht sie in der Kungsgatan von dem Milchgeschäft weg und hat Lust zu einem Umweg. Sieht sich ein wenig die Schaufenster an. Selten hat sie sich dafür Zeit genommen. Sie schlendert an den hohen Häusern entlang, auf der Seite der Straße, die Sonne hat. Sie wärmt jetzt gut. Da wird es bald Sommer. Sie stellt sich vor, wie es zu Hause aussieht. Der Schnee ist wohl weg? In Gedanken versunken, blickt sie in die Fenster. Kleider, Steingut. Aussteuersachen. Ihr ist leicht ums Herz. Sie spürt, daß sie dem Winter auf mehr als eine Art entronnen ist. Es genügt ihr, hier zu bummeln, sie hat nicht vor, etwas zu kaufen. Da kommt sie an einem Fenster mit Strickgarn und Stickereien vorbei. Die Farben fließen ineinander wie bei einem Regenbogen im Sonnenschein. Sie bleibt stehen, lange. Schließlich begegnet ihr durch die Scheibe der Blick der Verkäuferin – die nickt und lächelt. Unsicher lächelt sie zurück. Hat eine unbändige Lust, etwas von diesem schönen Strickgarn zu besitzen. Da geht sie hinein, und die Verkäuferin holt eine Farbe nach der anderen herbei. Schlägt Strickmusterhefte auf dem Ladentisch auf. Sie vergißt Zeit und Ort und findet sich mit Strickmuster, Nadeln und Garn auf der Straße wieder. Hellblaues Perlgarn. Sie schwebt durch die Straßen, bis sie bei der Pension anlangt. Die Bilder von Lødingen kommen ihr so nahe. Die Gemeinschaft der Frauen. Die schweren Kriegsjahre mit Kaffee-Ersatz, aufgezogener Wolle und einem Schwätzchen am Küchentisch. Allerlei seltsame Flickerei, damit die Sachen länger getragen werden konnten. Hier ist kein Krieg und keine Besatzungsmacht, auch wenn es nicht so üppig ist, wie es war, bevor Europa brannte. In gewisser Weise hat sie die Sachen in den Schaufenstern als etwas angesehen, das für andere bestimmt war, nicht für sie. War mit dem Jungen unter dem Arm vorbeigegangen. Bis jetzt. Und die Gedanken wandern automatisch nach Hause nach Lødingen. Die Sehnsucht, der Mutter und den Nachbarn ein wenig von dem Überfluß zu schicken, den sie hier überall sieht. Aber sie weiß nur zu gut, daß jeder direkte Kontakt mit den Leuten zu Hause gefährlich für Verwandte und Freunde in Norwegen werden kann. Sie ist froh, daß sie wenigstens Bescheid geben konnte, daß sie alle drei am Leben sind. Mehr ist im Augenblick nicht möglich. Sie muß einfach auf den Frieden warten. Das tun alle. Die Gerüchte sind sowohl optimistisch wie auch pessimistisch. Einen Tag so, am anderen so. Die Zeitungen sind an einem Tag voller Hoffnung für die Alliierten und am anderen stumm, um am dritten Tag mit niederschmetternden Nachrichten aufzuwarten. Die Hoffnung ist zart, aber lebensfähig wie eine Salweidenknospe im Frühling.

Triumphierend kommt sie herein zu dem Mann und dem Jungen, die auf dem Bett sitzen, und leert die Tüte mit Strickgarn, Nadeln und Strickmuster für den Pullover in deren Schoß aus.

»Jetzt wird gearbeitet«, sagt sie fröhlich und tanzt durch den Raum.

Im ersten Augenblick merkt sie die Reaktion des Mannes nicht, aber dann muß sie ihn ansehen. Spürt, daß etwas nicht in Ordnung ist. Sie wirft sich zu ihnen auf das Bett und will die Freude mit ihnen teilen. Den Schwung. Den Anfang zu einem neuen Leben.

»Liebes …?« hört sie den Mann sagen. Er schaut auf ihre Hände. Sie starrt ebenfalls nach unten. Es ist nicht zu glauben, aber sie hat vergessen, daß sie keine Daumen mehr hat. Es trifft sie so sehr, daß sie aus dem Zimmer stürzt.

Als sie wiederkommt, hat er alles weggeräumt. Als wollte er die quälenden Spuren eines Verstorbenen beseitigen. Aber sie wühlt in den Schubladen, bis sie die Sachen findet. Packt sie mit einer Sturheit wieder aus, die schon an Wut grenzt. Dann legt sie die Nadeln zwischen Zeige- und Langfinger und versucht erst ohne Garn, Maschen aufzunehmen. Übt, die Stricknadeln fest in den Griff zu kriegen. Strickt das nicht vorhandene Garn. Befiehlt dem Jungen, die Docke zu halten, während sie das Knäuel wickelt. Der Mann schaut gelegentlich zu ihr hin. Denkt sich sein Teil. Aber er wagt nicht, ihr zum Garnwickeln seine Hilfe anzubieten. Wiederholt rutscht ihr das Knäuel aus den Händen. Sie bückt sich jedesmal danach und kriecht auf dem Boden herum. Weiß nicht, wie oft sie unter Tisch und Bett war, um das hellblaue Knäuel zu

suchen, als der Junge böse wird. Er bricht endlich in ihre stumme Wut ein und sagt, daß er wickeln will. Sie gibt nach und nimmt ihm die Docke ab. Es ist jetzt ganz einfach.
Als sie spätabends ins Bett gehen, ist sie todmüde, da sie den ganzen Nachmittag und Abend mit ihrem Strickzeug verbracht hat. Sie hat die Maschen für das Vorderteil des Pullovers aufgenommen. Sicherheitshalber hat sie die Anleitung für das komplizierte Strickmuster mitgekauft ... Die aufgenommenen Maschen und die erste Reihe sind hart und naß von ihren verschwitzten Händen. Aber der Triumph ist zu spüren. Nie im Leben wird sie aufgeben. Die beiden anderen haben stillschweigend mit ihr zusammen einen Kampf geführt, als sie sich von einer Anschlagsmasche zur anderen durchkämpfte. 78 Maschen. Eine Ewigkeit. Sie haben Radio gehört und verstohlen zu ihr hingeschielt, zu den Nadeln und dem Garn.
Schließlich sagte der Junge:
»Mutter ist so stur, daß sie das schafft. Ich bekomme sicher eine Weste.«
Aber sie hört seinen Zweifel sogar im Schlaf. Er sieht das Muster an, er sieht sie an und lacht. Da lacht sie mit. Der Trotz ragt, Stacheln gleich, aus ihrem Körper. Sie strotzt vor Energie, um zu beweisen, daß alle Mächte sich irren. Sie wird dieses Kleidungsstück stricken, und wenn es viele Jahre dauern sollte! Und sie erinnert sich an Britas flinke, spatenförmige Hand, als ob sie eine Mohrrübe vor einem Esel wäre. Der Esel, das ist sie selbst.
Am nächsten Tag wird nichts aus dem Stricken denn sie ziehen um. Das wenige Umzugsgut ist leicht zu über-

schauen. Sie verabschieden sich von dem Ehepaar, dem die Pension gehört, und gehen mit ihren Pappkartons zum Taxi.
Sonnenschein auch an diesem Tag. Schweden scheint ein Land mit ewigem Sonnenschein zu sein. Aber der Taxifahrer entkräftet diesen Mythos. Er meint, Stockholm zeige sich nur wegen der norwegischen Flüchtlinge in seiner schönsten Frühlingspracht.
Alle drei versuchen zu verbergen, wie gespannt sie auf das neue Heim sind, von dem sie nur wissen, daß es in dem Ort Sundbyberg und in der Nähe des Flugplatzes Bromma liegt. Eine kleine Wohnung in einem Häuserblock in der zweiten Etage. Die Eigentümerin vermietet sie, weil sie sich ein paar Monate im Ausland aufhält. Sie ist offensichtlich Kunstmalerin. Es liegen Malutensilien und mehr oder weniger brauchbare Farbtuben herum. Der Geruch nach Terpentin ist das erste, was der kleinen Familie entgegenschlägt, als sie die Tür öffnen. Aber das macht nichts. Denn sie sind buchstäblich in den Himmel gekommen. Es gibt Schlafzimmer und Küche und Wohnzimmer und Bad. Ihr Tag glänzt wie eine neugeprägte und kostbare Münze. Vater humpelt gutgelaunt auf seiner Holzprothese aus Gällivare von Raum zu Raum, und der Junge fährt Mutter zwischen den Beinen herum, um alle Dinge in Schubladen und Schränken zu erforschen. Hier ist alles vorhanden, was sie brauchen, und noch mehr. Der einzige Haken ist, daß die Wohnung im zweiten Stock liegt, ohne Aufzug. Aber sie haben schon schlimmere Probleme gelöst als Treppen, und sie reden nicht einmal über dieses Hindernis.
Sie geht am ersten Tag allein aus, um sich bekannt zu

machen. Das Leben ist wieder schön und spannend geworden.
Um die Ecke liegt ein großes Kolonialwarengeschäft. Den Flugzeuglärm hört man noch da drinnen. Sie hört ihn auch in der Wohnung. Aber es macht ihr nichts aus. Zu den Militärflugzeugen über ihrem Heimatort hat sie Abstand gewonnen. Das letzte Flugzeug, zu dem sie eine Beziehung hatte – es hat ihnen das Leben gerettet. Flugzeuggebrumm hat seitdem einen positiven Klang in ihren Ohren.
Sie geht zur Theke und wartet, bis sie drankommt. Unwahrscheinlich viele Menschen kaufen ein oder warten. Eine Menge Kartons und Einkaufstaschen werden mit der Zeit herausgetragen. Sie steht hinter einem älteren Mann, der mit seiner Liste überhaupt nicht fertig wird. Zu guter Letzt zeigt er auf die Saftflaschen im Regal und fragt die Verkäuferin, wozu man die braucht. Das Mädchen hinter der Theke nimmt lächelnd eine Flasche heraus und sagt, daß es prima Blaubeersaft sei.
»Die nehme ich auch«, sagt der Mann impulsiv und steckt die Flasche zu den anderen Waren ins Netz.
Sie hat den Eindruck, daß die Leute in dieser Gegend der Stadt sehr habgierig sind. In der Kungsgatan hatten die Leute nicht über Gebühr eingekauft – wie hier. Selbst kauft sie nur das Allernötigste ein. Während sie bezahlt, läßt sie gegenüber dem Mädchen eine Bemerkung fallen. Eine Bemerkung über den äußerst kaufkräftigen Kundenkreis. Das Mädchen lacht und wirft die lockigen Haare in den Nacken. Dann erzählt sie, daß heute alle schon für Monate im voraus kauften. Alles, was man lagern könne, und noch mehr, denn der Ge-

winn, den die Geschäfte machten, gehe an die Norwegenhilfe.
Zuerst starrt sie die Verkäuferin verblüfft an. Dann strahlt sie über das ganze Gesicht. Sie zählt geschwind nach, wieviel Geld sie noch im Portemonnaie hat, wirft einen raschen Blick auf die Regale und entschließt sich schnell und leicht, was sie von dem restlichen Geld noch kaufen soll, und die Schlange hinter ihr trippelt unruhig, aber höflich. Sie spricht betont norwegisch. Und die Kunden üben sich in Geduld für die junge Frau in dem abgetragenen, zu warmen Wintermantel.
Sie wickelt die Henkel der Einkaufstasche fest um die daumenlose Hand und geht mit ihrer üppigen Last nach Hause. Vielleicht hat sie mit ihrem Einkauf jemandem in Lødingen helfen können. Ihr ist leicht zumute, und sie ist voller Dankbarkeit. Alle, die ihr begegnen, haben ein so gutes und nettes Gesicht, denkt sie – ohne sich dessen bewußt zu sein, daß sie die ganze Zeit lächelt.

## 11

Jeden Tag bemüht sie sich, den Jungen zum Laufen zu bewegen. Macht sich stark und erlaubt ihm nicht, mit ihr zu kommen, falls er nicht ein Stück geht – und es schmerzt sie, daß sie so hart sein muß. Es ist jedoch die einzige Möglichkeit. Wenn es denn nur der Schmerz und die Anstrengung wären, die den Widerwillen hervorriefen. Aber sie merkt, daß er Angst hat zu fallen, was früher oder später häufig geschieht. Er hat Angst vor der Erniedrigung, auf dem Bürgersteig zu liegen, während alle, die vorbeigehen, einen Augenblick stehenbleiben und gucken. Sie ahnt, daß er groß genug ist, eine brennende Scham zu empfinden. Trotzdem müssen sie alle beide da durch. Sie beißt die Zähne zusammen, um ihn zu zwingen, wieder aufzustehen, und er verschließt das bleiche, magere Gesicht und geht trotzig einige Schritte. Will nicht geführt werden, sondern es allein schaffen, wenn er erst mal versucht zu gehen. Es ist wie eine fixe Idee, daß es schlimmer für ihn ist, geführt zu werden, als wie ein Paket unter dem Arm getragen zu werden. Eines Tages fällt ihr etwas ein. Sie überlistet ihn, allein an der Wand entlang zu dem Geschäft zu gehen, in dem sie einkaufen. Sie behauptet, daß sie sich in der Uhrzeit

geirrt habe und sich nun beeilen müsse, um noch rechtzeitig in den Laden zu kommen. Er sieht sie hilflos an, aber sie bleibt hart und geht voraus. Ihr Herz klopft, während sie die Milchflaschen über die Theke reicht, um sie füllen zu lassen. Sie hält das Geld mit ungeduldigen Händen bereit. Als sie wieder herauskommt, sieht sie sofort die kleine unsichere Gestalt in dem beigen Anzug. Wären nicht die kurzen Hosen gewesen, hätte sie glauben können, daß ihr da auf dem Bürgersteig ein alter Mann unbeholfen entgegenkommt. Aber sie stört sich nicht an den Bewegungen und dem Aussehen. Ihr genügt es, daß er es schafft. Er geht! Mehr noch, er hat es allein geschafft und weiß, daß es zu machen ist.
Seitdem wird es besser. Er übt auch mehr drinnen. Sieht einen Sinn darin, von Zimmer zu Zimmer zu gehen. Er versucht, auf den runden Füßen, die nicht mehr federn, weil er nur noch zwei Zehen hat statt zehn und ein Teil der Fußsohle fehlt, ein neues Gleichgewicht für den Körper zu finden. Aber die »Großschuhe« sind solide und schützen vor Stößen. Sie weiß nicht, welche Art Schuhe sie ihm kaufen sollen, wenn es Sommer wird. Da kann er ja nicht mit Winterschuhen herumlaufen Aber diese Sorge ist gering gegenüber der Tatsache, daß es mit seinem Gang immer besser wird. Sie sieht, daß er jetzt fröhlich und zufrieden ist. Es ist leichter, durch die Tage zu kommen.
Sie selbst beschäftigt sich mit dem Pullover. Das blaue Garn liegt immer bereit. Kann der Junge sich überwinden und die Zähne zusammenbeißen, kann sie es auch. Nach einigen Wochen ist sie bis zu den Armausschnitten gekommen. Es passiert, daß sie Maschen fallen läßt, die

sie mit einer Nadel wieder hochholen muß. Manchmal ist sie an dem Punkt angelangt, aufzugeben. Ist es schon schwierig, mit Stricknadeln zu hantieren, so muß die Stopfnadel mit Magie behandelt werden. Sie ist nach einer solchen Strickprozedur derart verschwitzt, daß sie ins Bad gehen muß, um sich zu waschen. Jedes Mal, wenn sie sich im Spiegel über dem Waschbecken sieht, wird der Blick zur Nase hingezogen. Sie reagiert nicht mehr darauf, daß die Leute sie anstarren, wenn sie ihnen zu nahe kommt. Über dem ersten zarten Häutchen hat sich Haut gebildet. Der Knorpel wächst nach – von innen. Die Nasenflügel haben in gewisser Weise Form angenommen. Noch ist die Nase bläulichweiß und so auffällig, daß man sie in jedem Fall entdecken muß. Aber auch mit der Schönheit geht es voran. Den Wert der Stufen, die sie mühsam erklimmt, lernt sie zu schätzen.

Gelegentlich setzt sie sich zu dem Mann und möchte ihn in ihre Gedankengänge einbeziehen. Er begleitet sie ein Stück auf dem Weg. Was ihre Gedanken betrifft, ihre Anstrengungen, um mit der Situation fertig zu werden. Aber wenn es um seine eigenen Gedanken geht, so liegen der Krieg und die illegale Arbeit, die sie hierhergebracht und zu dem gemacht haben, was sie sind, noch immer in der verschlossenen Schublade. Sie ahnt, daß sein Widerstand, daran zu rühren, eine Art hilfloser Schutz ist. Eine Art Belehrung, daß Helden nicht aufmucken. Auch wenn sie ein Bein unterhalb des Knies und einen halben Fuß verlieren. Auch wenn sie wieder lernen müssen, ihre ersten Schritte zu tun – als Flüchtlinge –, so ist es nicht mehr, als zu erwarten war. Es ist, als lege er einen Deckel über die Bitterkeit und das

Selbstmitleid. Er hat getan, was er getan hat. Die Chancen genutzt, die er sich vorgenommen hatte. Er braucht anscheinend kein Mitleid, nicht einmal sein eigenes. Sie fühlt sich unsicher und alleingelassen gegenüber seiner unbedingten Härte. Sie weiß, daß diese nicht durch und durch echt sein kann. Andererseits will sie auch nicht, daß er sich vor ihren Augen geistig auflöst. Das führt zu nichts. Aber sie hätte so gerne ein Eingeständnis von seiner Seite, das das Ganze ins rechte Licht rückte, ohne stumme Selbstkontrolle. Sie besitzt diese Selbstbeherrschung nicht. Sie bricht manchmal fast zusammen über dem verdammten Strickzeug. Und kommt sich dabei wie ein Verräter vor. Da tut es beinahe gut zu sehen, daß der Junge mit dem gleichen Problem kämpft wie sie. Nämlich die gegenwärtige Situation zu akzeptieren. Aber er ist trotz allem ein kleiner Junge. Sie ist erwachsen und sollte nehmen, was kommt, wie es der Mann auch tut.

Indessen kriecht der Pullover an den Armausschnitten hoch und ist eine Tatsache. Für sie ist er das Symbol der Zukunft. Sie betrachtet die Handarbeit nicht als ein Vielleicht oder als eine Hoffnung, an die sie sich klammert, sondern als die Reinkarnation des *Sollen* und *Wollen*. Dort, wo sie gegenüber der Selbstbeherrschung des Mannes zu kurz kommt, strickt sie mühsam ihre Maschen. Ein Kleidungsstück zum Anfühlen. Das komplizierte Muster bringt sie zuweilen in Wut. Ähnlich wie sie sich von den Farben im Schaufenster blenden ließ, so daß sie ihre traurige Wirklichkeit vergaß, nahm sie einfach das Muster, das ihr gefiel, ohne daran zu denken, daß sie nicht mehr das Werkzeug besaß, dessen sie bedurfte, um damit fertig zu werden. Dennoch: sie strickt und nimmt auf, sticht nach unten und holt Maschen herauf. Das ist ihre Wirklichkeit.

Der Junge hat jetzt eine ganze Woche am Fenster gesessen und die Flugzeuge beobachtet. Sie landen und steigen zu bestimmten Zeiten auf. Ab und zu spielt er friedlich mit seinen Spielsachen, die er zu seinem sechsten Geburtstag bekommen hat, als er noch im Krankenhaus war. Er schaut lange auf die Straße hinunter, wenn die Kinder vorbeirennen. Sie haben ein großes Luftschutz-Paradies aufgezeichnet und hüpfen in der Frühlingssonne. Er bittet nicht darum, zu ihnen hinunter zu dürfen. Als existiere ein Draußen nicht, abgesehen von den Einkaufsgängen mit der Mutter. Da will er mitgehen. Eines Morgens sieht sie, daß er sich gegen das Fenster lehnt, während sie gleichzeitig Lärm und laute Jungenstimmen durch das offene Küchenfenster vernimmt. Drei, vier Jungen laufen mit einem Ball über das freie Gelände. Sie macht sich im Wohnzimmer zu schaffen, bleibt hinter ihm stehen und schaut den Kindern zu. Es trifft sie bis ins Mark. Aber sie sagt mit ruhiger Stimme:
»Sollen wir runtergehen und sie kennenlernen?«
»Nein!« sagt er und greift nach dem Fensterbrett, um von dem Fenster wegzukommen. Er wackelt am Tisch entlang und läßt sich auf den Teppich fallen, wo er anfängt, aggressiv und planlos mit seinem Lieblingsauto herumzufahren. Sie versucht, sich ihm von neuem zu nähern. Aber er will keine Annäherung. Sie weiß, wie ihm zumute ist. Sie glaubt, es in ihrem eigenen Körper und in ihrem eigenen Gemüt zu spüren. Muß schnell in die Küche, um

ihr Gesicht zu verbergen, während sie sich zusammennimmt. Wünscht verzweifelt, daß der Mann gerade jetzt zu Hause wäre. Er ist fast jeden Tag in der Stadt bei der norwegischen Botschaft. Sie ist froh, daß er einen Weg nach draußen findet. Das macht es leichter für sie alle. Nur ist es sehr beschwerlich, jeden Tag mit dem Holzbein die Treppen hinunterzugehen. Und zu stehen und auf den Bus zu warten – sich von der Bushaltestelle weiterzuquälen. Sie hat großen Respekt davor, daß er sozusagen das Unmögliche möglich macht. Aber gerade jetzt wünscht sie sich, daß er da wäre. In der Stadt liest er Zeitungen und erhält täglich Informationen über den Verlauf des Krieges. Er hat einen sozialen Kontakt, den der Junge und sie nicht haben. Auf diese Weise kommt er gut zurecht, obwohl er nach der physischen und psychischen Belastung, die die Fahrt in die Stadt für ihn bedeutet, so verschwitzt nach Hause kommt, daß man die Sachen auswringen kann. Er erzählt seiner Familie, was draußen in der Welt geschieht. Ist eine Art Vermittler zwischen der Siedlungswohnung und dem brennenden Europa. Ihm ist es ebenso wichtig wie Essen und Trinken – Verbindungen zu haben und zu wissen, was los ist. Und die Frau steht in der Küche und kämpft um ihre Beherrschung und sucht verzweifelt nach neuen Möglichkeiten, den Jungen aus seiner Isolation zu befreien – da klingelt es an der Wohnungstür. Es klingt merkwürdig. Scharf und fremd, und ihr wird bewußt, daß sie das Geräusch schon lange nicht mehr vernommen hat. Es kommen nicht viele an die Tür der Flüchtlingsfamilie. Dann steht sie plötzlich da, Anita, das Mädchen, wie vom Himmel geschickt. Rotbackig und gesund. Sie wohnt im

Erdgeschoß und möchte mit dem Jungen spielen. Marschiert unbekümmert an der Erwachsenen vorbei ins Wohnzimmer, nachdem sie hereingebeten worden ist. Hat für das meiste Worte, wie sich herausstellt. Nach einer Stunde ist sie schon beinahe ein Teil der Familie. Sie drückt sich ganz selbstverständlich aus, die Worte kommen spontan und unmittelbar aus ihrem Mund. Neugierig fragt sie nach allem. Nach den Daumen, die nicht mehr da sind, und warum ein großer Junge noch nicht laufen gelernt hat. Sie nimmt die Antworten hin, ohne mit der Wimper zu zucken, schüttelt den Kopf ohne besonderes Mitleid und erklärt sie für »die Unglücklichsten der Welt«. Sie organisiert Spiele für zwei und reißt den Jungen mit. Es dauert nicht lange, bis er spricht. Meistens hat er nur einsilbige Worte gebraucht, seit sie in Stockholm sind. Die Mutter veranstaltet ein kleines Fest für die Kinder und kann sich nicht erinnern, seit ihrer Ankunft in Schweden einen schöneren Tag erlebt zu haben.

Vater hat darauf gewartet, daß man ihm eine ordentliche Prothese anfertigt. Eines Tages erhält er Bescheid, daß er sie in der Stadt abholen kann. In der Wohnung herrscht eine feierliche Stimmung, während sie auf den Bus warten, der ihn zurückbringen soll. Sie stehen am Fenster. Es ist sehr spannend. Sie sehen sich an und lächeln, als der Bus an den Bürgersteig heranfährt und die Tür aufgeht. Ein gleichmäßiger Strom von abgekämpften Menschen, die von neun bis vier gearbeitet haben und nun zum Essen nach Hause wollen, eilt davon. Die beiden am Fenster warten geduldig. Sie wissen, daß

Vater als letzter aussteigt. Er braucht viel Zeit für den verzwickten Weg zwischen all den Sitzen und die Stufen hinunter, so daß er es vorzieht zu warten, bis die anderen ausgestiegen sind.
»Glaubst du, daß Vater einen Schuh auf dem neuen Fuß hat?«
»Ja, so war es geplant«, antwortet sie mit einem fröhlichen Lachen und legt den Arm um ihn.
Endlich sehen sie ein graues Hosenbein in der offenen Tür zum Vorschein kommen. Langsam. Unendlich langsam wird der ganze Mann sichtbar. Er hat sich einen neuen Anzug gekauft. Die Hose hat Bügelfalten, und es sind zwei Beine in der Hose. Ein Wunder für die beiden am Fenster, so daß sie die Luft anhalten müssen. Vater kommt mit zwei richtigen Füßen in neuen braunen Schuhen langsam und umständlich über den Hof. Er sieht schrecklich fein und fremd aus. Der Junge läßt seine Mutter los und jubelt begeistert:
»Ja, siehst du, Mutter. Vater hat zwei Schuhe an!«
Meilensteine sind für die kleine Familie erreicht. Vaters Prothese, Mutters wachsendes Strickzeug, des Jungen Spielkameradin im Erdgeschoß.
Vater ist furchtbar fein. Sie müssen ihn anfassen, und sie reden über das neue Bein. Er lächelt nur und sagt nicht viel. Aber abends, als der Junge im Bett liegt, räumt er ein, daß es mit diesem standesgemäßen Bein wohl gewisse Probleme geben wird. Das alte Holzbein schien besser zu funktionieren. Sie glaubt, daß es einfach an der Übung fehlt. Aber er meint, daß die provisorische Prothese ihm mehr Gleichgewicht gab und besser am Oberschenkel anlag. Sie reden, als diskutierten sie über ir-

gendein Werkzeug. Und sie spürt eine unsägliche Erleichterung, daß er ihr überhaupt erzählt, wie ihm zumute ist. Für den anderen Fuß, dem die Zehen und die Fußsohle fehlen, hat er eine Sohle bekommen, die den Fuß stützt. Es tut weh. Er merkt bereits an seinem Körper, was das Üben kostet.

An diesem Abend trinken sie einen Schluck von ihrer Zuteilung aus der Weinhandlung. Sie bleiben sitzen und reden über die Zukunft, von der sie nichts wissen. Zum ersten Mal sprechen sie wirklich davon, daß sie zu Hause ein neues Leben anfangen müssen. Sie haben beide die Hoffnung, daß es nicht mehr lange dauern wird. Währenddessen geht es ihnen gut. Geld kommt aus London, und sie leiden keine Not. Sie helfen sich gegenseitig aus der Isolation, so gut sie können. Vieles von dem, was sie nicht mutig genug waren auszusprechen, kommt an diesem Abend heraus. Sie lachen zusammen. Er erzählt, daß er eine zusätzliche Quote Schnaps bekommen hat, vier Liter insgesamt. Was soll man mit soviel Schnaps? Sie lächelt darüber. Schlägt vor, daß er sich ständig neue Beine anschaffen soll, damit sie mit den vier Litern feiern können. Inzwischen gleitet der Abend zu ihnen herein. Die Geräusche aus den umliegenden Wohnungen klingen heimisch und selbstverständlich. Sie denkt, daß die Menschen geschickter sein müßten, über das zu sprechen, was sie bedrückt.

Draußen rauscht der Verkehr vorbei. Über Brücken und Straßen. Kommunikation ist wichtig, drinnen und draußen.

## 12

Sie stehen im strahlenden Sonnenschein. Anita hat den Jungen den kleinen Hang hinter dem Haus hinaufgezogen, damit er alle Flugzeuge, die landen und starten, beobachten kann. Nun steht er mit offenem Mund da und zählt die Flugzeuge, die sich am Boden befinden. Er ist stolz, weil er ebensoweit zählen kann wie sie – mindestens. Er zählt alles, was ihm über den Weg läuft. Die Zahlen schlüpfen wie Rituale aus seinem Mund, wo immer er auch ist. Es gibt unendlich viel auf der Welt, was man zählen kann.
Der Flugplatz Bromma liegt in der Sonne. Die glänzenden Flugzeuge sehen aus wie schlafende Möwen, die vergessen haben, die Flügel zusammenzufalten. Er zählt die Fenster und Türen der umliegenden Häuser. Immer wieder ertrinkt seine Stimme im Gebrüll eines Motors, der auf Hochtouren gebracht wird. Der Junge schreit aus vollem Hals, so daß das kleine blasse Gesicht glühend rot wird. Dann steigt das Flugzeug hoch und gleitet direkt in den Himmel hinein, eine Rauchfahne hinter sich herziehend. Das Geräusch sitzt noch lange, nachdem das Flugzeug verschwunden ist, im Trommelfell.
Anita will die Uhr sehen, die Vater ihm gegeben hat.

Vater hatte eines Tages die Uhr abgenommen und sie an dem Jungen befestigt, damit er tüchtig sein sollte und sich im Laufen üben. Sie ist aus Gold und hängt an einer Kette, die wiederum durch eine Gürtelschlaufe der Hose gezogen ist. Er spürt durch das Taschenfutter, daß sie sanft gegen seine Schenkel schlägt, wenn er geht. Deshalb geht er mit kurzen, zögernden Schritten, und das sieht, wie er weiß, seltsam aus. Anita hat seinen Gang schon nachgemacht. Aber er kann ihr nicht böse sein. Er sieht, daß sie ihn eigentlich gar nicht hänseln will. Das sagt Mutter auch. Anita ist eben so.

Er holt die Taschenuhr heraus und öffnet den Deckel, damit sie das Zifferblatt sehen kann.

»Halb drei«, sagt sie, als spreche sie eine fremde Sprache. Er öffnet auch den Deckel auf der Rückseite und zeigt ihr die vielen Zahnräder, die ineinandergreifen und dem Uhrwerk zu einem magischen, tickenden Leben verhelfen.

Anita schließt ihre kleine schwarze Hand um die Uhr und will ihn dazu bringen, daß er sie losmacht, damit sie die Uhr richtig in die Hand nehmen kann. Aber das will er nicht. Vater hat gesagt, daß sie fest hängen bleiben muß, sonst darf er sie nicht mit nach draußen nehmen. Anita meint, daß Vater sie unmöglich hier sehen könne. Sie hat so ihre eigenen Gedanken. Sie laufen darauf hinaus, daß sie macht, was sie will, sofern kein Erwachsener in der Nähe ist. Dem Jungen wird oft angst und bange, wenn alles nach ihrem Kopf gehen soll. Außerdem kann sie schnell fortlaufen, falls etwas passiert, er aber ist langsam wie eine Schnecke. Ab und zu hätte er Lust, sie anzugreifen, weil sie so fix über das freie Gelände oder durch den

Park rennen kann. Wenn sie ihn zieht, weil er nicht schnell genug ist, möchte er sie am liebsten kratzen und schlagen. Aber er tut es nicht, denn Anita ist die einzige, die er hat. Außerdem mag er sie.
Sie zog und schubste ihn auch den Hügel hinauf. Ungeduldig und ungestüm. Lief mehrere Male rauf und runter und wartete darauf, daß er sie wieder einholte.
»Beeil dich! Beeil dich! Jetzt hebt das Flugzeug ab. Jetzt hebt das Flugzeug ab!«
Und der Junge beeilte sich so sehr, daß er stolperte und fiel und die Tränen liefen, und es nützte nichts, daß er Vaters goldene Uhr in der Tasche hatte.
Deshalb ist er noch ein wenig böse auf sie. Sie darf die Uhr nicht in die Hand nehmen, ohne daß sie bei ihm befestigt ist.
Sie fängt wieder davon an, daß sie nicht versteht, warum er mit der goldenen Uhr herumläuft, wenn er nicht einmal die Zeit ablesen kann. Da zählt er mit lauter, schriller Stimme die Telefonmasten und will ihr überhaupt nicht antworten. Und die Sonne scheint, und er schwitzt in dem dicken Pullover, die Flugzeuge donnern und dröhnen, und er wünscht sich, daß die Mutter da wäre. Die Rückseiten der Oberschenkel tun ihm weh, und er hat Sand in den Schuhen, der so scheuert, daß er sich setzen muß und die Schuhe ausziehen, um den Sand zu entfernen. Die ganze Zeit quengelt Anita, daß er die Uhr nicht lesen kann. Er wird so fürchterlich wütend, daß er kein Wort herausbringt. Bis er schließlich weint. Es passiert immer öfter, daß er weint, wenn er wütend ist. Es ist ihm sehr peinlich. Trotzdem geschieht es immer wieder. Er kann es nicht ändern. Anita hält jetzt den Mund

und ist nett und knüpft seine Schuhbänder zu. Dann gehen sie Hand in Hand den Hang hinunter. Es macht keinen Spaß mehr mit den Flugzeugen.
Als sie in den Park kommen, finden sie eine Bank, auf der sie sich ausruhen können. Die Bäume sind groß und geben schönen Schatten. Sie sind im Begriff auszuschlagen. Es riecht gut nach Erde und altem Laub. Anita fängt an vom »vorigen Jahr« zu erzählen. Der Junge meint, daß er sich auch erinnert, wie es im vorigen Jahr war. Aber Anita tut es damit ab, daß dies unmöglich sei, denn da war er ja noch nicht gekommen. Er beharrt auf seiner Meinung. Kann sich deutlich erinnern, wie es im Sommer war – im vergangenen Jahr.
Er will in dem großen, schönen Sandkasten spielen, der mit breiten Balken eingefaßt ist. Man kann gut darauf sitzen. Aber Anita fängt an, mit beiden Füßen gleichzeitig über die Balken zu springen und will nicht spielen. Der Junge wird plötzlich ganz wild, als er sieht, wie leicht das bei ihr geht. Er stupst sie, so daß sie fällt und sich das Knie aufschlägt. Ihr hemmungsloses Geschrei ruft einen Mann auf den Plan, der gerade vorbeikommt. Er läßt sich im Gras nieder und tröstet sie. Der Junge sitzt auf der Bank. Er begreift, daß er sich unmöglich benommen hat und daß er in der großen, weiten Welt ganz allein ist. Das macht ihn nur noch zorniger. Er schaukelt so heftig auf der Bank, daß sie auf dem ungleichmäßigen Boden auf und ab hüpft. Der Mann ist ziemlich dick und hat einen Mantel an und eine Tüte bei sich, die er auf die Bank bei dem Sandkasten legt.
Er zieht Anita mit zur Bank und fängt auch mit dem Jungen ein Gespräch an. Anita trocknet ihre Tränen und

schielt auf das blutige Knie. Der Strumpf hat ein großes Loch mit schmutzigen und blutigen Fetzen.
Er schafft es nicht, die Bank hin- und herzubewegen, nachdem die beiden anderen dazugekommen sind, und er gibt es auf. Der Mann hat ein nettes Gesicht mit roten Backen und eine freundliche Stimme. Er setzt sich zwischen die beiden Kampfhähne und vermittelt.
Es endet damit, daß sie zusammen nach Hause gehen und dem Mann auf der Bank zuwinken.
Mutter hilft ihm, den Pullover auszuziehen, der am Hals ein wenig eng ist. Es riecht gut aus der Küche. Mutter weiß nicht, daß er Anita gestoßen hat. Er darf irgendwie wieder von vorne anfangen, wenn er zu ihr nach Hause kommt.
Mutter entdeckt als erste, daß die Uhr weg ist. Die Uhr, die Vater ihm gegeben hat, obwohl er selbst sie besser hätte gebrauchen können. Der Junge verstand sowieso nicht recht, warum er sie bekommen hatte. Aber er war schrecklich stolz und froh gewesen. Nun merkt er, daß er am ganzen Körper naßkalt wird, weil Mutter ruft, daß die Uhr weg ist.
Sie suchen auf der Treppe und im Hauseingang. Mutter und er gehen auf den Hügel, wo Anita und er gestanden und die Flugzeuge beobachtet haben, und sie suchen unten im Park zwischen den Bäumen, im Sandkasten und bei der Bank. Sie suchen stundenlang, während der gute Geruch aus der Küche allmählich zu einem ekelhaften, alten Essensgeruch wird, der ihnen entgegenschlägt, als sie die Wohnung wieder betreten. Müde und mutlos.
Vater nimmt es scheinbar gelassen, aber der Junge sieht,

daß Vater böse ist. Er war mit dem Bus gekommen, als sie draußen waren, und er sitzt jetzt am Küchentisch und ißt das lauwarme Mittagessen. Das Dasein wird so häßlich. Er wagt nicht zu weinen. Es ist schon schlimm genug, wie es ist.

Den ganzen Nachmittag bearbeiten Vater und Mutter ihn, er solle sich erinnern, ob er noch woanders gewesen sei, was er vielleicht vergessen habe, oder ob er die Uhr abgenommen habe. Ob er sie jemandem gezeigt habe.

Der Kopf tut ihm weh, und er hat Schmerzen im Nacken und in den Beinen vom vielen Denken und Gehen. Er möchte am liebsten nur ein kleines Ding in einer Ecke sein, aber das ist unmöglich. Sie versuchen die ganze Zeit, ihn dazu zu bringen, daß er sich erinnert.

»Hat Anita sich die Uhr ausgeliehen?« fragen sie. Er gibt zu, daß Anita sie in der Hand gehabt hat, aber er verneint, daß er sie aus der Gürtelschlaufe gelöst hat.

Mutter geht hinunter zu Anita und spricht mit ihr und den Eltern. Der Junge hat klamme Hände und einen schrecklich großen Stein im Magen, als sie endlich wieder heraufkommt. Anita wußte nichts. Aber sie hat von dem Mann erzählt, der im Park mit ihnen geredet hat. Das hat er ganz vergessen. Als Mutter ihn an den unangenehmen Vorfall im Park erinnert, daß er nämlich Anita gestoßen hat, wird alles noch schlimmer.

Vater ist richtig böse, weil er nichts von dem Mann gesagt hat. Man könne sich auf ihn nicht verlassen, wenn er nicht die Wahrheit sage, meint Vater.

Mutter schimpft mit Vater, weil er so dumm war, einem kleinen Jungen seine goldene Uhr zu geben und ihn damit als Versuchung für jedermann herumlaufen zu

lassen. Das verdanke er sich selbst, daß die Uhr fort sei, meint sie.
Der Junge sitzt auf dem Küchenhocker, legt den Kopf in den Nacken und schaut zu den beiden hoch, die in der Küche stehen. Er hört, daß sie seinetwegen aufeinander böse sind. Sie sind nicht nur böse, sie sind zerstritten. Mutter fängt immer wieder davon an, daß man Kindern keine wertvollen Dinge geben solle, nur weil sie einem leid tun. Man solle Kinder nicht verwöhnen, um sein Gewissen zu beruhigen. Vater schweigt jetzt und geht mit einem dunklen, verschlossenen Gesicht ins Wohnzimmer. Mutter bleibt unschlüssig stehen. Dann stürzt sie ins Wohnzimmer und fällt Vater um den Hals. Der Junge hört nicht, was sie da drinnen sagen, aber er sieht, daß sie sich umarmen. Er fühlt sich wie Anitas toter Goldfisch. Sie hatte ihn in einer Blechbüchse im Wasser, als sie eines Morgens zu ihnen heraufkam. Der Fisch war ganz schlapp und leblos und taugte zu nichts mehr. Sogar die Farben waren verschwunden … Er hatte so schöne rote Flecken an den Seiten gehabt.
Später erwähnt keiner mehr die Uhr, aber er sieht, daß Mutter in den folgenden Tagen mehrmals durch den Park geht.
Den Mann sehen sie nie mehr, der Junge denkt nur manchmal an seinen großen Bart. Kann irgendwie nicht glauben, daß er die Uhr genommen hat.

## 13

Sie erwarten Vater aus der Stadt. Er hat versprochen, zeitig zu kommen. Wie gewöhnlich stehen sie am Fenster und halten Ausschau nach dem Bus. Diese täglichen Fahrten in die Stadt geben ihm einen festen Halt. Vater hat ein Ziel. Vater kommt von der norwegischen Botschaft in der Stadt nach Hause. Die Illusion, daß sie eine normale Familie sind, auch wenn er keiner Arbeit nachgeht wie andere Väter.
Plötzlich bemerkt sie, daß einige Häuser geflaggt haben. Sie hat es vorher nicht bemerkt und fragt sich, ob es ein offizieller Flaggentag ist. Sie ist nicht sicher, an welchen Tagen bei den Schweden gefeiert wird. Während sie da stehen, der Junge und sie, tauchen immer mehr Fahnen auf. Auf einmal entdeckt sie auch norwegische Fahnen zwischen den blaugelben. Der Wald ist grün geworden. Junges Laub und norwegische Fahnen. Danach hat sie sich in diesen schweren Jahren gesehnt! Wie ein Blitz schlägt es bei ihr ein, und sie läßt den Jungen los und läuft zum Radio. Sondermeldungen bringen die Nachricht zu ihr ins Wohnzimmer. Das Unglaubliche: Norwegen ist wieder ein freies Land. Sie weiß nicht, was sie denkt, was sie tut, was sie sagt. Aber der Junge versteht.

Sie empfangen Vater in der offenen Wohnungstür, als er kommt. Halten sich umschlungen. Es wird in den ersten Minuten nicht viel gesprochen. Zum ersten Mal seit der Tragödie, durch die sie gegangen sind, weinen sie zusammen. Hören die Rufe von der Straße, das Feuerwerk, den Gesang. Plötzlich sind alle aus den Häusern. Sie müssen auch hinaus. Die Freude hat nicht genügend Raum in der kleinen Wohnung bei Bromma. Sie muß an die Luft und gefeiert und gehißt werden. Sie muß viel Platz haben für alle guten Wünsche für die Zukunft.

Sie finden sich in einer fröhlichen Schlange wieder, die auf Taxis wartet. Es sieht so aus, als wollten alle den Ort wechseln, um zu feiern. Endlich bekommen sie ein Taxi und bitten den Chauffeur, sie zu einem Speiselokal zu fahren, einem Restaurant, das sie kennen. Er schüttelt lachend den Kopf und sagt, daß er sie gerne dorthin fahren würde, aber er könne nicht garantieren, daß sie hineinkämen, es sei überall voll. Er habe bereits viele Leute hin- und wieder zurückgefahren. Und der Chauffeur hat recht. Das Menschengewühl, die Musik, die Schlangen, der Lärm aus Hunderten von Kehlen, denn jeder gibt auf seine Weise seiner Freude Ausdruck, sind fast nicht zu glauben.

Der Junge drückt die Nase an das Autofenster und starrt mit offenem Mund hinaus. Er hat den beigen Anzug an. Das ist sein Festgewand. Er bemerkt, daß die Leute total verrückt sind. Er hat, offen gestanden, erwachsene Menschen sich noch nie so aufführen sehen. Es ist beängstigend und amüsant zugleich. Er deutet und lacht.

Es gibt kein Restaurant mit freien Plätzen, obwohl die meisten Restaurants aus diesem besonderen Anlaß alle verfügbaren Tische und Stühle hervorgeholt und sie dicht an dicht aufgestellt haben. Schließlich geben sie auf. Aber sie sind keineswegs enttäuscht. Sie können auch morgen und übermorgen feiern. Sie können die ganze Woche feiern, wenn es sein muß. Statt dessen fahren sie in der Stadt herum, wo das Auto gerade durchkommt. Der Chauffeur ist besonders nett, weil er heute eine norwegische Familie fährt. Er erzählt Geschichten und drückt auf die Hupe. Der Junge sitzt zwischen der Welt draußen und der Mutter und spürt, wie die schöne Frühlingsluft durch das offene Fenster hereinströmt. Vermischt mit Abgasen und vielen anderen Gerüchen einer pulsierenden, feiernden Großstadt.

Sie kaufen etwas zu essen und ein paar Süßigkeiten für zu Hause und reden mit wildfremden Menschen, ehe sie hineingehen. Mutter und Vater umarmen Leute, die sie vorher nie gesehen haben. Die Stille in der Wohnung ist fast unwirklich. Der Junge ist so voller Eindrücke, daß er sich in einer ungewohnten Stimmung von vollständiger, hemmungsloser Freude in Vaters Schoß zusammenrollt. Keinem fällt es ein zu erwähnen, daß der Frieden teuer erkauft ist. Keiner zählt die zurückliegenden Monate und findet bittere Worte dafür, daß es nicht schon beim Jahreswechsel Frieden gegeben hat. Sie sind alle Kinder, die Unrecht, Unglück und Erniedrigung vergessen haben, weil sie endlich befreit und frei sind und Pläne für ein neues Leben machen können. Die Zuteilung der Weinhandlung wird aus dem Schrank geholt. Mutter schenkt in zwei langstielige Gläser ein, die der unbekannten, im Ausland weilenden Frau gehören. Der Junge bekommt Saft mit Wasser vermischt und Kuchen aus

einer Konditorei, an der sie auf dem Heimweg gehalten haben. Abendsonne über grünen Baumspitzen. Hausdächer im Dunst der Dämmerung. Der Junge wünscht sich, daß der Frieden viele Tage anhalten wird. Er gähnt und ist schrecklich froh, ohne ganz zu erfassen, warum. Es hängt damit zusammen, daß er Vater und Mutter nicht mehr so gesehen hat, seit sie in Lødingen gewohnt haben. Ja, nicht einmal dort. Er schläft mit dem halb aufgegessenen Kuchen in der Hand ein und wird ins Bett getragen. Undeutlich erinnert er sich, daß Mutter Mühe hat, ihm die steifen Schuhe auszuziehen. Sie haben endlich ein Paar brauchbare Schuhe gefunden, nachdem sie es erst mit Sandalen versucht hatten, bei denen aber kleine Steinchen hereinrutschten, die jeden Schritt zur Qual werden ließen. Einen Augenblick ist er hellwach und schreit auf. Mutter ist aus Versehen an die Spitze des einen Fußes gestoßen – wo die Zehen sein sollten. Der Schmerz ist nicht auszuhalten, aber er geht schnell vorüber.
Sie verläßt das Schlafzimmer mit der Ahnung, daß auch die kommenden Tage von der Vergangenheit gezeichnet sein werden. Aber heute will sie nicht daran denken. Heute will sie nur froh sein. Mit all den dunklen Gedanken, wie die Dinge sich entwickeln werden, wie sie es schaffen sollen, damit will sie sich in diesen schönen Stunden nicht abgeben. Alles hat seine Zeit. Auch die Freude muß ihre Zeit haben.

Eines Tages fahren die drei mit dem Bus in die Stadt. Sie wollen zum Freilichtmuseum »Skansen« und sich über den Sommer freuen. Sie spazieren zwischen den großen

Bäumen und beobachten die Menschen. Der Junge ist begeistert von den Bären, die versuchen, die Zuckerstücke zu fangen, die die Leute ihnen hinunterwerfen. Aber ein Eisbär keucht in der Wärme und sieht so aus, als ob er sich nicht besonders wohl fühlt. Er fragt die Mutter, warum die Bären nicht herauskommen dürfen.
»Man kann sie nicht rauslassen«, antwortet sie.
»Kommt der Frieden nicht zu ihnen?« fragt der Junge erstaunt.
Er stellt sich vor, wie dem Eisbär zumute sein muß, und ist erleichtert, als er in die dunkle Höhle schleicht, um sich abzukühlen. Er trägt das Bild von dem dampfenden Bären mit sich – noch lange.

Eine seltsame Übergangszeit beginnt für die kleine Flüchtlingsfamilie. Eine gewisse ruhelose Erwartung prägt die Tage. Sie bekommen Kontakt mit Verwandten und Freunden zu Hause in Norwegen. Es ist ein ganz phantastisches Gefühl, sich plötzlich mitteilen zu können, zu schreiben und Grüße zu senden – ohne Angst vor den Repressalien der Besatzungsmacht zu haben.
Für den Mann ist ein Kapitel seines Lebens abgeschlossen, und er weiß wenig von dem, was ihn erwartet. Trotzdem denken sie in diesen Tagen vor allem an den Frieden und die Heimreise. Mit dem geheimen Leben ist Schluß. Der Preis für den Krieg ist jetzt bezahlt. Aber sowohl die Frau als auch der Mann wissen, daß die Zukunft immer Zinsen von ihnen verlangen wird für den Krieg, dessen Opfer sie alle gewesen sind.
Zu Hause in Vika steht ein Klavier, aber sie hat nicht genügend Finger, um darauf zu spielen. Er hat keine

Arbeit. Vielleicht bekommt er eine Kriegsrente. Aber das ist nicht sicher. Es wird noch lange dauern, bis er die Prothese so gut beherrscht, daß er daran denken kann, wieder als Maler und Anstreicher zu arbeiten. Und Touren ins Gebirge sind keinesfalls mehr möglich.
Europa leckt allmählich seine Wunden, auf der falschen wie auf der richtigen Seite. Die einzelnen Menschen haben ihre persönlichen Verluste erlitten, die man in dem großen Spiel nicht so deutlich wahrnimmt.
In diesen ersten Tagen der Freiheit schieben sie die Unsicherheit vor der Zukunft beiseite. Sie fahren in die Stadt, um für die Heimreise zu hamstern. Kleider, Haushaltswaren, haltbare Lebensmittel. Zwei große Koffer werden für die Reise angeschafft und wunderbare, dicke Wolldecken zuunterst gelegt. Alles ist unwirklich – wie es zugleich selbstverständlich ist. Diese Fahrt können sie gut planen – im Gegensatz zu dem Marsch durch die Eiswüste. Sie haben vorher nicht darüber gesprochen, und nach dem 8. Mai schieben sie die Erinnerung daran in die dunkelste Ecke und holen sie nur hie und da wie ein flatterndes schwarzes Gespenst hervor, wenn die Situation es erfordert, daß sie sich erinnern *müssen*.
Sie singt, während sie Pläne schmiedet und die Koffer packt. Sie freut sich, daß sie mit Eltern und Freunden teilen kann, was sie ergattert hat. Ertappt sich dabei, am hellichten Tag von der Heimkehr zu träumen. Sieht das Wäldchen im grünen Schimmer vor sich. Den Fjord. Die Menschen. Und die enge Wohnung, über die sie anfangs so froh war, wird zu einer Prüfung, die wenigen Tage noch auszuharren, bis mit den Fahrkarten alles geregelt

und die Heimreise festgelegt ist. Dann findet sie wieder zu sich selbst. Es ist wahr, daß sie endlich nach Hause dürfen. Als ob sie bisher nicht recht gewagt hätte, daran zu glauben. Hat die Erwartung ständig ein bißchen kurzgehalten. Jetzt, da der Platz im Zug eine Tatsache ist, läßt sie alles los und tanzt in geschäftiger Aktivität durch die Zimmer.

Der Junge packt die Autos und Bilderbücher und alles, was er im Krankenhaus in Gällivare bekommen hat, in einen Karton, um es im nächsten Augenblick wieder auszupacken, weil er nicht ohne seine Spielsachen sein kann. Er erzählt Anita im Erdgeschoß, daß er heimfahren wird, und kommt sich dabei sehr bedeutend vor. Er versucht, ihr zu imponieren, indem er ihr die Sache mit den Fahrkarten für die Heimreise genau erklärt. Aber Anita ist oft mit dem Zug gefahren und überhört es vollständig. Jedoch hat sie sich daran gewöhnt, ihn da zu haben, und ist beleidigt, daß die Familie sich so ohne weiteres entschlossen hat umzuziehen. Sie schimpft und meint, daß es unnötig und dumm sei, wieder nach Norwegen zu fahren. Da gebe es keine Häuser und gar nichts mehr, meint sie, denn das habe ihre Mutter erzählt. Der Junge ist außer sich, daß Großvaters Haus in Vika von den Deutschen verbrannt worden ist, und es dauert lange, bis man ihn damit trösten kann, daß sich das Haus in bestem Zustand befindet.

Mutter nimmt sich die Kinder vor und erklärt ihnen, daß die Deutschen die Häuser in der Finnmark verbrannt hätten, nicht in Lødingen. Aber Anita gibt nicht auf und behauptet, daß sie es unmöglich wissen könnten, da sie ja schon kurz nach Weihnachten Norwegen verlassen hätten. Das Mädchen ist störrisch und geltungsbedürftig und fest entschlossen, sie von der Rückreise abzuhalten. Die Erwachsenen wissen nicht, ob sie lachen oder weinen sollen. Am Abend setzen sie sich hin und schreiben nach Hause. Der Junge malt einen Brief. Während sie damit beschäftigt sind, wird ihnen alles dort zu Hause wieder ganz deutlich. Die Häuser, die Farben, die Gerüche, die Gesichter. Sie redet mit dem Jungen über dies und das, um sich zu vergewissern, daß er sich noch erinnert. Sein Gesicht leuchtet auf, als sie die Menschen erwähnt, die bei ihnen ein- und ausgegangen sind. Sie kommt auf verschiedene Episoden zu sprechen und muß oft laut und herzlich lachen, während sie erzählt.

## 14

Der Sommer ist endgültig gekommen. Die Hitze liegt an diesem Nachmittag drückend auf der Stadt, als sie mit ihrem großen, schweren Gepäck in Stockholm auf dem Bahnhof stehen. Der Wartesaal ist voller Reisender. Größtenteils sind es englische Soldaten. Die Frau hat eine Bank entdeckt, auf die sie sich setzen können. Schon das ist eine Leistung. Sie haben Hilfe von der norwegischen Botschaft bekommen, die alles mit dem Gepäck regelt. Nette Menschen. Sie findet es so unwirklich und seltsam zu reisen. Weiß, daß sie hier nicht für immer wohnen könnte. Und das haben sie auch nie vorgehabt. Aber trotz allem hat sie gerade in diesem Land erfahren, wie unendlich kostbar das Leben ist. Und sie wird es nicht vergessen. Auch die Menschen nicht.
Als sie im Zug sitzen und ein wenig zur Ruhe gekommen sind, während die Landschaft in ihrem rastlosen, ruckartigen Tempo vorbeieilt, gelobt sie sich, noch einmal wiederzukommen. Und da wird sie reisen wie ein Mensch und nicht wie ein gejagtes und verwundetes Tier. Als hätte der Junge ihre Gedanken erraten, greift er nach ihrer daumenlosen Hand und sagt:

»Mutter! Wenn es wieder Krieg gibt, dann fahren wir gleich nach Schweden.«
»Ja«, sagt sie nur und drückt die kleine, verschwitzte Hand.
Etwas später fügt sie hinzu – als ob sie vorher nicht an die Möglichkeit eines weiteren Krieges gedacht hätte:
»Es gibt jetzt keinen Krieg mehr! Ganz bestimmt nicht!«
Und der Junge nickt sachkundig und ist einverstanden.
Er ist jetzt recht geschickt beim Gehen. Im Zug gibt es allerdings eine besondere Herausforderung. Er muß die überraschenden Stöße des Zuges auffangen. Er spürt ein Prickeln in der Magengrube wegen der Reise und des »Heimkommens«. Als Mutter von den Menschen zu Hause erzählte, hatte er so tun müssen, als erinnerte er sich an die Namen und Gesichter. Nur das Bild von Großvater und Großmutter ist einigermaßen deutlich. Er erinnert sich, wie sie aussahen, wenn sie bestimmte Dinge taten. Großmutter schnitt braunen Zucker in Klumpen. Großvater saß auf der Verandatreppe und redete durch das offene Fenster mit Großmutter. Aber selbst die beiden haben etwas Unwirkliches und sind in Nebeldunst gehüllt. Als hätten sie nicht existiert in der Zeit, in der er fort war. Außerdem vermißt er bereits Anita. Er wird bockig, weil Mutter nicht will, daß er sich aus dem offenen Fenster lehnt. Das sei gefährlich, er könne etwas an den Kopf bekommen, meint sie. Er weint vor Wut, fängt fürchterlich an zu schwitzen, will nach Hause nach Bromma und ist nicht im geringsten mehr daran interessiert, so weit mit dem Zug zu fahren. Trotzdem findet er sich damit ab, daß Mutter das Fenster schließt.

In Gällivare hat sich ein ganzes Empfangskomitee eingefunden, als der Zug in den Bahnhof einfährt. Der Buchhändler Pedersen und zwei Schwestern aus dem Krankenhaus sind da. Sie haben ein norwegisches Fähnchen und eine große viereckige Schachtel mit einer Sahnetorte mitgebracht. Mutter kommen die Tränen, sie kann kaum sprechen, aber Vater ist beherrschter. Alle umarmen sich, und es wird den Norwegern eine gute Heimreise gewünscht. Die Damen sprechen von Mutters Nase, als sei sie das Allerwichtigste. Sagen, die Nase sei sehr schön geworden. Es hört sich dumm an. Er ist sich nicht einmal sicher, daß Mutter es mag, wenn sie darüber reden, obwohl sie lächelt und das Ganze herunterspielt. Sie stellt die Schachtel unter den Sitz und steckt das Fähnchen ins Fenster. Dann pfeift der Stationsvorsteher, und der Besuch muß sich beeilen, den Zug zu verlassen, um nicht mit ihnen nach Norwegen zu fahren.

Die Erwachsenen hängen sich aus dem Fenster und winken lange. Nachher ist es sehr still. Eine merkwürdige Traurigkeit bemächtigt sich des Abteils. Aber der Junge schaut auf die Kuchenschachtel und die Fahne, die in dem fahrenden Zug zittert und schwankt.

Die Sonne brennt durch die Fenster. An jeder Station, an der sie halten, schmoren sie in der Hitze. Mutter und Vater fragen sich, ob es in Nordnorwegen genauso heiß ist wie hier in Nordschweden. Der Junge ist schläfrig und will nicht, daß der Zug hält, bevor sie am Ziel sind, gleichzeitig findet er es sehr spannend, wenn die Bremsen quietschen und der Zug hält, während die Geräusche vom Bahnhof zu ihnen hereindringen. Rufe und Stimmengewirr, Scharren von Koffern und Knirschen von

Schritten, klappernde Wagenräder und irgendwo das Bellen eines Hundes.

Einmal geht Mutter hinaus zum Gepäckwagen, um nach den Koffern und dem Rucksack zu sehen, für die ihnen ein Platz zugewiesen wurde. Aber sie kommt nicht in den Wagen hinein. Er ist abgeschlossen, deshalb gibt sie auf und vergißt die Sache.

Dann brausen sie weiter durch dichten Tannenwald, über Heidefläche und vorbei an verschlafenen, kleinen Ortschaften entlang der Bahnlinie. Während der ganzen Fahrt steckt die norwegische Fahne im Fenster und zittert und will nach Hause. Der Junge hat es aufgegeben, an zu Hause zu denken; er weiß nicht, was er will.

Er träumt, daß er auf den beiden großen Koffern sitzt und die Leute ständig vorbeiströmen. Er ist auf dem Bahnsteig, und Anita hat Vaters goldene Uhr gefunden, sie steht im Zug an einem Fenster und winkt ihm mit der Uhr, daß er kommen soll. Aber er muß auf den Koffern sitzen bleiben, denn Vater hat es ihm gesagt. Und dann setzt sich der Zug in Bewegung, und Anita und die Uhr sind fort. Er bemüht sich aufzustehen, um hinterherzulaufen, aber er sitzt wie festgeleimt auf dem Kofferdeckel und kann nicht weg. Als er an sich heruntersieht, bemerkt er, daß er barfuß ist, und ohne die großen, festen Schuhe kann er sowieso nicht laufen. Er weint, und Mutter weckt ihn. Es ist sehr warm im Abteil, und er soll Mutter seinen Traum erzählen. Aber er vermag die Worte nicht zu finden, die er dazu braucht. Mutter streicht ihm über die Haare und legt ihn auf der harten Bank ein bißchen bequemer zurecht, mit dem Kopf in ihrem Schoß. Zwei Engländer in Uniform beachten die Norweger nicht, sondern sprechen leise miteinander. Vater sagt ruhig, daß es jetzt nicht mehr weit sei. Aber das tröstet ihn nicht im geringsten. Er hat das Gefühl, daß er ständig Zug fahren muß, immer auf dem Weg nach Hause.

Dann klettert der Zug vom Bjørnefjell hinunter, am 21. Juni 1945. Die vom Krieg zerstörte Stadt Narvik liegt in der Morgensonne. Das gute Wetter hat die Familie bis nach Norwegen begleitet.
Die Stimmen auf dem Bahnhof wirken fremd und seltsam auf den Jungen. Die Leute reden alle so wie Vater und Mutter. Es geht ihm auf, daß er selbst nicht wie sie spricht. Er spricht mehr wie Anita und die Kinder in Bromma. Die drei lassen die anderen, die auf gesunden Füßen gehen, zuerst aussteigen. Daran haben sie sich längst gewöhnt – immer mit der Ruhe. Die kleine Familie hat das Warten jetzt im Blut. Sie kommen gar nicht auf die Idee, ungeduldig zu sein.
Als sie vor dem Gepäckwagen stehen, um ihr Gepäck abzuholen, kümmert sich Mutter darum, denn Vater hat genug Probleme mit sich und dem neuen Fuß, der nun, mit einem Schuh versehen, wohl sehr schön ist, aber auf den er sich nicht ganz verlassen kann. Der Junge bleibt der Mutter auf den Fersen.
Der Mann im Gepäckwagen schüttelt bedauernd den Kopf, als Mutter beschreibt, wie die Koffer und der Rucksack aussehen. Er hat kein solches Gepäck. Mit schriller Stimme und hochrotem Kopf klettert Mutter mühsam in den Wagen. Kurz darauf erscheint sie wieder – ohne Gepäck. Es ist weg! Alles, was sie gekauft haben, um es mit nach Hause zu nehmen, ist gestohlen worden. Die

Wolldecken, der Zucker, die Haushaltsgeräte, die Kleider. Alles! Mutter ist schrecklich böse. Schließlich müssen sie gehen. Mutter läuft ins Bahnhofsgebäude, um mit denen im Büro zu sprechen, aber das nützt gar nichts. Die Koffer und der Rucksack sind spurlos verschwunden. Andere mit schnelleren Beinen und zwei gesunden Daumen haben das Gepäck erhalten, weil sie vorne in der Schlange standen. So ist das. Mutter haut vor dem Mann im Büro die Fäuste auf den Tisch, aber er kann nichts machen. Sie begreift es allmählich und verzieht sich auf den Bahnsteig, der sich langsam leert. Ihre lauten bitteren Worte kann hören, wer Lust hat. Alles, was sie in dem großzügigen Schweden bekommen haben, ist ihnen gestohlen worden, sobald sie zu ihren Landsleuten heimgekehrt sind. Vater und Mutter sind so wütend, daß der Junge sich nicht erinnern kann, sie jemals so gesehen zu haben. Die Freude über die Heimkehr ist jedenfalls nicht mehr so groß. Und Mutter schwört hoch und heilig, daß diejenigen, die ihre Wolldecken auf unehrliche Weise erworben haben, nicht viel Freude daran haben werden. Sie geht schnell und schreitet aus wie ein Mann, während sie schimpft, ohne eigentlich mit jemandem zu reden. Deshalb hält sich der Junge mitten in der Misere lieber an den Vater, obwohl auch er böse ist.

Am Kai in Narvik liegt der Kutter von Anton Svendsen aus Lødingen. Er wird sie das letzte Stück nach Hause bringen – und kommt zum Bahnhof, um ihnen mit dem Gepäck zu helfen. Es gibt aber nichts sonderlich Schweres zu tragen. Statt einer fröhlich jubelnden trifft er eine ziemlich niedergeschlagene kleine Familie, hört sich die traurige Geschichte an und geht noch einmal durch den

Zug, um möglicherweise das Gepäck zu finden. Aber es ist und bleibt verschwunden. Endlich geben sie es auf, nehmen ein Auto zum Hafen, mit der Kuchenschachtel, der Fahne und ein paar kleinen Taschen. Das ist alles, was sie besitzen.

Sie versuchen, das Ganze zu verdrängen, als sie das weiße und rotbraune Boot sehen, das da im Wasser dümpelt, an dem Haltetau zerrt und wieder nach Hause will.

Das Licht ist intensiv und hell. Es brennt dem Jungen im Nacken, als er zusammen mit Erna, einem Mädchen aus Lødingen, auf dem Deck sitzt und Vater erklärt, daß sie seine Cousine ist. Sie zieht ihn ein wenig damit auf, daß er schwedisch spricht. Der Junge ärgert sich. Findet, daß sie dumm ist. Sie verwickeln sich in eine Diskussion, ob Narvik in Norwegen oder Schweden liegt. Das Mädchen ist älter als er und lacht laut, weil er glaubt, Narvik liege in Schweden. Aber er beharrt auf seiner Meinung. Narvik liegt in Schweden. Der Zug kam von Schweden, also endete er auch in Schweden. Aber Erna gibt nicht nach. Zum Schluß schreien sie so laut, daß sie den Motorenlärm übertönen und Vater herbeieilt, um zu hören, was los ist. Er lächelt und sagt, daß Narvik natürlich in Norwegen liegt. Der Junge hat das Gefühl, daß er gleichsam aufhört zu existieren, so sehr schämt er sich. Trotzdem bleibt er bei seiner Meinung, aber die Tränen kullern. Er fühlt sich unsicher und ganz allein gelassen, und er wünscht sich zurück nach Bromma und zu Anita. Er wird nur einen Tag in Norwegen bleiben. Dann wird er zurückfahren, damit tröstet er sich. In Norwegen sind die Menschen dumm, streitsüchtig und stehlen anderer Leute Gepäck.

Der Junge kann sich nicht erinnern, daß es bei Großvater und Großmutter in Vika so viele Bäume im Garten gab. Er findet Gartentüren und grünes Gras, wovon er nichts mehr wußte. Aber an den Kartoffelkeller erinnert er sich. Das Kartoffelkraut fängt gerade an herauszukommen hinter dem Haus. Rundliche dunkelgrüne Blätter. Er fragt plötzlich nach Tanja, und die Erwachsenen hören auf zu reden. Mutter erklärt ihm, daß Tanja gestorben ist, bevor sie nach Schweden gingen. Der Junge wird an den Streit mit Erna erinnert, als Mutter »Schweden« sagt, und flieht aus dem Haus. Er schämt sich immer noch. Gleichzeitig weiß er, daß sie da drinnen die Sahnetorte teilen werden. Großmutter hat Geburtstag, und man feiert gleichzeitig, daß Vater und Mutter und er nach Hause gekommen sind. Dann versteckt er sich zwischen den Johannisbeersträuchern und ist ganz allein, während er das Gelächter und die fröhlichen Stimmen durch das offene Fenster hört. Er wartet darauf, daß Mutter auf die Treppe kommt und ihn ruft. Aber es dauert zu lange. Er will überhaupt nicht hierbleiben. Das ist kein Ort, in dem man leben kann. Erna wohnt auch noch in demselben Haus, soviel er weiß.

Sie hatten alle auf dem Altan gestanden. Tante, Onkel, Großmutter und Großvater. Lächelnd und mit Tränen in den Augen. Natürlich hatten sie ihn auch umarmt. Trotzdem hat er die ganze Zeit das schmerzliche Gefühl, daß sie ihn nicht sehen. Sie unterhalten sich andauernd miteinander. Streifen ihn mit den Augen, lächeln ihn an, aber sehen ihn doch nicht. Und dann die Sache, daß

Narvik tatsächlich in Norwegen liegt. Etwas so Schmachvolles.

Er antwortet nicht sofort, als Mutter ihn ruft. Sie steht froh und in gehobener Stimmung auf dem Altan und lehnt sich über das Geländer. Ihr helles Haar leuchtet in der Abendsonne. Hier wird es nicht einmal richtig Abend wie in Bromma. Hier ist es abends genauso hell wie am Tag, denkt er wütend.

Aber als er sieht, daß Mutter sich umdreht und ohne ihn hineingehen will, gibt er sich zu erkennen. Sie legt den Arm um seinen Kopf, und sie setzen sich eine Weile auf die Verandabank. Er spürt, daß es etwas besser wird. Die Welt wird freundlicher. Schöner für ihn. Mutter sagt, daß er sich schon zurechtfinden wird, daß alles gut werden wird. Er soll erst mal Kuchen essen, und dann wird sie mit ihm hinauf zu seinem alten Bett gehen. Sie verspricht, bei ihm sitzen zu bleiben, bis er eingeschlafen ist.

Im Wohnzimmer sehen alle auf, als sie hereinkommen. Er hat ein grünes Knie. Aber das macht nichts. Er hat kurze Hosen an und Socken und Schuhe. Erna geht barfuß. Es klatscht auf dem Fußboden, wenn sie daherlatscht. Er spürt plötzlich, wie ihn die Wut packt. Ihre Zehen stehen richtig in die Luft, als sie auf dem Stuhl sitzt und mit den Beinen baumelt. Er bekommt seinen Kuchen und vermeidet es, auf ihre Zehen zu schauen, während er ißt. Die Nachbarn sehen auch herein. Einer sagt, es sei eine Schande, daß sie bei ihrer Ankunft nicht besonders geehrt worden seien. Sie erzählen, daß die Blaskapelle am Kai gespielt habe, als die Gefangenen aus Grini zurückkehrten.

Vater und Mutter sagen nichts. Viele schließen sich der Meinung an, für alle hätte gespielt und geflaggt werden müssen, nicht nur für einige wenige. Großmutter meint, die Hauptsache sei, daß sie wohlbehalten wieder zu Hause sind, und beendet damit die Diskussion.
Der Kuchen wird ringsum angeboten. Er hat richtige Schlagsahne und eine Erdbeerfüllung. Beides ist in Vika normalerweise nicht im Überfluß vorhanden. Der Kuchen hat sich auf der Reise unwahrscheinlich gut gehalten, nur ein paar Beeren sind schlecht geworden. Die Sahne schmeckt nicht die Spur alt. Das Ganze grenzt an ein Wunder. Großmutter betrachtet die Beeren, dann fischt sie mit Daumen und Zeigefinger eine große Beere heraus und reicht sie dem Jungen. Er findet es merkwürdig, wie sie die Beere hält. Er hat sich an die Art gewöhnt, wie Mutter die Dinge hält. Mit Zeige- und Langfinger. So wie Großmutter es macht, wirkt es ungeschickt. Aber die Beere ist rot und gut. Erna bekommt nichts. Er sieht deutlich, daß sie ihm die Beere nicht gönnt.
Vater und Mutter erzählen von der Reise. Von den Damen aus dem Krankenhaus, die den Kuchen brachten. Von den Koffern und dem Rucksack, die gestohlen wurden. Irgendwo im Haus hört er eine Uhr. Die Gesichter verschwimmen vor seinen Augen. Die Stimmen steigen und fallen und werden unwirklich. Zuletzt sinkt sein Kopf auf die Tischplatte. Er ist nach Hause gekommen, ob er will oder nicht. Die lange Wanderung ist zu Ende.
Das Bild des Krieges sollte sich auflösen und vergessen werden. Aber der Junge wird es mit sich herumtragen. Als Erinnerung. Als Ohnmacht, wenn ihm die verkrüppelten Füße nicht gehorchen. Als Alpträume vom Wind,

der ständig bläst, und von endlosen Schneeflächen mit bläulichen, vereisten Felskuppen. Hie und da wird ein donnerndes Flugzeug ihn daran erinnern, daß er vor langer Zeit aus der Sitashütte herausgetragen wurde. Er wird den Geschmack von schwedischer Schokolade mit sich herumtragen, wo auch immer er sich befindet. Die lange Reise war eine Ewigkeit für einen Sechsjährigen, aber sie dauerte nur ein halbes Jahr. Die Leiden, die Angst, die Ohnmacht, der Wille durchzukommen waren ein Teil der Reise. Ebenso die Worte, Stimmungen, Gespräche der Eltern. Die Menschen, die sie trafen und die verschwanden, ließen ihn zu Hause fremd werden. Ein kleiner Junge, der so viel in wenigen Monaten erlebt hat, daß er es nicht mehr schafft, sich an das Bett zu erinnern, in dem er vor einem halben Jahr geschlafen hat.

Sie hat zum Klavier gefunden, das im Wohnzimmer steht und verstaubt. Man hat ihr gesagt, daß evakuierte Leute aus der Finnmark in ihren Räumen gewohnt haben. Aber keiner hat das Klavier benutzt. Sie hebt den Deckel hoch und läßt die Finger aufs Geratewohl fallen. Die Töne sind durchdringend und verstimmt. Darauf ist sie vorbereitet. Sie bleibt, die Hände über den Tasten erhoben, ruhig stehen, als sie jemanden hereinkommen hört. Es ist der Mann. Er räuspert sich und setzt sich an den Tisch hinter ihrem Rücken.
»Es ist sicher nicht gestimmt worden, seit du weggegangen bist«, sagt er leise.
»Nein, das ist auch nicht mehr nötig«, erwidert sie leichthin.
»Du wirst es vielleicht irgendwie wieder hinmogeln …?«

»Ein Griff auf die Tasten kann keine Mogelei sein.« Die Stimme ist härter, als sie beabsichtigt hat.
»Nein, das stimmt schon ...«
»Entweder hat man das, was man braucht, um zu greifen, oder man hat es nicht.«
Es wird eine Weile still. Sie klappt den Deckel behutsam wieder über die Tasten und dreht sich um zu dem Mann.
»Man muß froh sein, daß es so abgegangen ist, wie es ging. Es gibt viele hier auf der Welt, die Klavier spielen können, auch wenn ich nicht mehr spiele. Und ich kann immer noch hören.«
»Wie wäre es mit einer Ziehharmonika, die ist leichter zu spielen.«
Sie gibt nach. Muß ein wenig lachen, trotz allem. Er findet immer einen Ausweg. Ihr kommt der Gedanke, daß er malen kann, auch wenn er kein Bein mehr hat ... Aber er kann nicht mehr leben wie eine Bergziege, so wie er es früher tat. Und sie weiß, daß er das gleiche denkt.
»Wir werden versuchen, eine Ziehharmonika aufzutreiben. Abgemacht!« sagt sie.
Dann sieht sie sich in dem kleinen Zimmer um. Viele haben hier geputzt, seit sie es zuletzt getan hat. Aber es sieht alles aus wie vorher. Es steht alles so, wie sie es in Erinnerung hat, abgesehen von Ofen, Telefon und Büchern und noch ein paar anderen Dingen, die von den Deutschen beschlagnahmt worden sind.
Trotzdem kann doch nichts so sein wie früher.

## *Nachwort*

Sie schaffte sich wirklich eine Ziehharmonika an, auf der sie ab und zu spielte. Aber die großen Träume, die sie mit dem Klavierspiel gehegt hatte, konnte es nicht ersetzen.
Dagegen wurde sie richtig geschickt im Stricken. Sie hatte ständig ein Strickzeug zur Hand. Niemand begriff, wie sie das fertigbrachte. Sie legte ihren ganzen Trotz in die Arbeit, seit dem Tag in der Kungsgatan, als sie das hellblaue Garn gekauft hatte und sich selbst bewies, daß man das Unmögliche vollbringen kann, wenn man nur will.
Sie bekam übrigens keine Kriegsmedaille oder Auszeichnung für das, was sie durchgemacht hatte. Und sie war nicht die einzige. Die Loyalität der Frauen ist noch nie ein Kriterium für Kriegsauszeichnungen gewesen.
Er fand – wie erwartet – keine Arbeit. Er bekam schließlich eine Kriegsinvalidenrente. Nach vielen Jahren bekam er auch drei Medaillen für seinen Kriegsdienst. Er selbst schwieg über seine Vergangenheit. Beide Hände waren ihm geblieben, und er fing an, Häuser zu zeichnen. Nahm ein altes Hobby wieder auf: Bilder malen. Aquarelle. Er entwickelte sich zum Künstler. Aber bei der

Mühsal mit seinem Handicap und der Sorge für das tägliche Brot blieb wenig Zeit, die Sterne zu erreichen. Nach vierzig Jahren malt er nun Landschaften – keine Menschen. Einmal frage ich ihn, warum in seinen Bildern keine Menschen sind. Da sieht er mich provozierend an und sagt:
»Menschen? Was soll ich mit denen?«
Als ich ihn etwas später frage, ob er verbittert über das sei, was damals geschehen ist, antwortet er kurz:
»Verbittert? Nein, warum? Ich tat das, was ich tun mußte. Nun, ich habe mir die Füße erfroren, und die Familie hat auch Schaden genommen ... So etwas passiert eben. Ich hatte einen Job übernommen, der getan werden mußte. Hatte eine endgültige Entscheidung getroffen, und ich wußte, daß es Konsequenzen haben konnte.«
Ich frage weiter:
»Glaubst du, daß die Menschen schnell vergessen, daß sie das vergessen, was du und viele andere für unser aller Freiheit geopfert haben?«
»Ja! Es ist gut, daß die Leute das alles vergessen. Es ist nichts, woran man sich erinnern sollte.«
In den ersten Jahren nach dem Krieg ging der Junge mit Vaters Bein in einem Sack zu Stenhaugs Schleiferei, wenn das Bein kaputtgegangen war. Die Prothese wurde oft und wenig sorgsam benutzt, so daß der Bolzen, der die Wade und die Ferse miteinander verband und das Ganze am Ende mit einer Mutter zusammenhielt, brach oder sich ausschraubte. Da mußte man einen Handwerker haben.
Der Junge steckte das Bein in den Sack, nahm den Fuß in die Hand und legte das Knie auf die Schulter. Einmal

traf er auf dem Weg zur Schleiferei eine Dame, die Sela hieß.
»Was hast du denn da in dem Sack, Junge?« fragte sie.
»Vaters Bein, es sitzt so locker in der Mutter!« antwortete der Junge prompt und ging weiter.
Die Dame blieb stehen und glotzte.
»Bist du aber frech!« fauchte sie hinter ihm her. »Wie redest du mit erwachsenen Leuten?«
Aber der Junge eilte weiter, Vater brauchte unbedingt das Bein.
Im übrigen war »Vaters Bein« ein Begriff im Bewußtsein des Jungen. Eine Art gemeinsames Problem für die Familie, das man als eine Selbstverständlichkeit hinnahm. Und Stenhaug brachte es immer in Ordnung, steckte es wieder in den Sack, legte die Hand auf die Schulter des Jungen und lachte. Er war zuverlässig und sicher, immer hinter irgendeiner Drehmaschine zu finden.
Der einzige Taxifahrer am Ort, Sigurd Repvik, meinte, daß es nicht erlaubt sein dürfte, mit einem Hund vor dem Stehschlitten und mit so einem Bein derart zu rasen. Es sei direkt lebensgefährlich, Vater und »Tanja der Zweiten« unterwegs zu begegnen, und das, obwohl die Kufen des Schlittens nicht mehr parallel liefen.
Im Laufe der Jahre gab es viele Geschichten von dem Mann, der wie ein Wilder mit Hund und Schlitten fuhr, und von dem Bein, das wiederholt kaputtging, wenn es nicht sollte. In Hanssens Laden zum Beispiel. So daß die Frauen in Ohnmacht gefallen wären, wenn sie nicht gewußt hätten, was es mit dem Bein auf sich hatte. Aber allmählich vergaßen die Leute die Vorgeschichte von dem künstlichen Bein. Nur wenige hatten Kenntnis von

den Leiden. Die Vergangenheit wurde einzementiert. Weggeschoben. Neue Menschen, die nichts wußten, kamen in den Ort.

Der Junge schmückte sich einmal mit Vaters Medaille, als er in die Sonntagsschule ging. Er war erkältet und hatte das Taschentuch vergessen. Immer wieder mußte er sich in den Ärmel schneuzen. Aber der Sonntagsschullehrer hielt die Hände über der Brust gefaltet und stand und betete direkt vor ihm und sah das Ganze. Der Junge mußte den Rotz laufen lassen, saß wie auf Kohlen und wand sich auf der harten Holzbank ohne Rückenlehne. König Håkons Medaille glitzerte so schön dabei. Es war die einzige Gelegenheit, bei der sie getragen wurde. Ansonsten liegt sie friedlich und vergessen in einer Schublade.

Der Junge kam in der Turnstunde nie über den Bock oder den Kasten. Auf der Stelle zu springen, das schaffte er gut. Da vertraute er auf die Fersen und den Stumpf. Aber mit dem Sprungbrett klappte es nicht. Er hatte nichts, um den Sprung federnd aufzufangen. Mußte auf den Fersen landen. Als er in die dritte Realschulklasse ging, schwor er sich hoch und heilig, daß er das goldene Sportabzeichen machen würde. Zum Schluß fehlte ihm nur noch der 60-Meter-Lauf. 8,3 Sekunden wurden verlangt. Ein Kamerad und guter Sportler, Knut Aam, bot sich an, mit ihm so lange zu trainieren, bis er das Ziel erreichte.

Sie säuberten die Bahn von kleinen Steinchen und Abfall, damit er nicht »zusammenbrach«, wenn er barfuß lief. Die Schmerzgrenze für die Füße war sehr niedrig.

Zum Glück war es eine Grasbahn. Dann machte er ein Startloch, das genau für seine Füße paßte, und schritt Fuß für Fuß die ganze Bahn ab, um sich zu vergewissern, daß da nichts mehr war, woran die Füße stoßen konnten. Die eine Fußsohle dicht vor die andere. Dann fingen die beiden Kameraden an zu trainieren. Der Junge erfüllte die Bedingungen, und Knut stellte in diesem Herbst seinen persönlichen Rekord auf.
Beim Schwimmen kam er gut zurecht. Jeden Sommer sprang er vom Kai und schwamm unter Wasser. Das gab ihm viel mehr Selbstvertrauen.
Irgendwie ging es ihm in Fleisch und Blut über, daß er physisch immer zu kurz kam. Er übte viel und schaffte es so einigermaßen im Vergleich zu den eigenen früheren Leistungen. Trotzdem hungerte er sozusagen danach, ein ebenso hohes Ziel zu erreichen, wie die Kameraden es sich gesteckt hatten. Als Kind erkämpfte er sich mit den Fäusten einen gewissen Respekt und kompensierte damit alles, was er auf der Sprungschanze, auf dem Fußballplatz, in den Turnstunden nicht meisterte. Er zwang sich dazu, sich immer ein bißchen weiter zu recken, als er mit Sicherheit erreichen konnte. Es endete oft mit blutigen Knien und Tränen.
Schon früh lernte er tanzen, indem er die Zähne zusammenbiß, von der natürlichen Sicherheit der Partnerin profitierte und die Balance auf den Fersen hielt, während er sich im Kreise drehte. Es ging. Er war zu groß geworden, um bei jeder Niederlage Zuflucht zu den Tränen zu nehmen, und Irene und Bigga waren unermüdliche Lehrmeisterinnen. Er gab sich nicht eher zufrieden, bis er die Kunst beherrschte. Arne und Bjørn waren auch mit

von der Partie. Sie kauften einen Tanzkurs per Fernunterricht und übten die Schritte so unermüdlich, daß ihnen ganz schwindlig wurde. »Lernen Sie tanzen« hieß der Kurs und hatte schwarze und weiße Fußtritte mit Pfeilen in der Tanzrichtung. Die reinste Mathematik. Sie benutzten das Heft so eifrig, daß es zum Schluß nur noch aus Fetzen bestand. Trotzdem stimmte in dem Heft nichts mit der Wirklichkeit überein, als sie zum ersten Mal zu einer öffentlichen Tanzveranstaltung gingen. Aber ausnahmsweise sah der Junge, daß die Kameraden auch nicht viel besser waren als er. Dünn und schlaksig, in Windjacke und Knickerbockern und mit vernünftigen, klobigen Schuhen – das war er. Aber er lernte allmählich tanzen.
Ein zerfleddertes Heft »Lernen Sie tanzen«. Eine innere Stärke: Lerne zu leben!
Der Junge hat es schmerzlich gelernt. Aber hat es die Welt gelernt? Tanzt sie noch immer ihre eigenen makaberen schwarzweißen Tanzschritte?
Es sind inzwischen vierzig Jahre vergangen seit der Nacht im Gebirge, als die Füße erfroren. Vierzig Jahre sind eine lange Zeit, um einen Krieg zu führen – mit sich selbst.

*Herbjørg Wassmo*
*Norwegen, 1984*

# Knaur®

# Herbjørg Wassmo

(65048)

(60157)

(60158)

(60159)

(65051)